「〝朝から爽快もぎたてレモンのフレンチトースト〟でございます」
「なかなか素晴らしいじゃないか」

ルーク
メルフィー

ミケット
リトル
エルダ
ルフェード

「ジッとしていなさい。このまま君の部屋まで連れていく〜」
「あ、あの、ルーク様！歩けますから！」

婚約破棄された
飯炊き令嬢の
私は
冷酷公爵と
専属契約
しました
~ですが胃袋を掴んだ結果、冷たかった公爵様がどんどん優しくなっています~
著 青空あかな
Akana Aozora
イラスト 黒裄
Kuroyuki

CONTENTS

【第一章：～出逢いのアクアパッツァ～】

「メルフィー・ランバート！　僕は君との婚約を破棄する！」


それは、いつものようにみんなのご飯を作っているときだった。

私の婚約者でフリックル伯爵家嫡男のシャロー様が、突然そう言ってきた。

シャロー様がキッチンに来るなんて、珍しいなぁって思ったけど……。

まさか、婚約破棄だなんて……。

「シャ、シャロー様……それはいったい、どういうことでございますか？」

「だから、君との婚約を破棄するんだよ。君のような〝飯炊き令嬢〟を妻にするなんて、心底嫌気が差すからね」

〝飯炊き令嬢〟……それは私の呼び名だった。

お母様が若くして亡くなり、義母が訪れ義妹が生まれてから、私を取り巻く環境は変わってしまった。

義妹たちに虐《しいた》げられ、使用人と同じ扱いをされている。

私は子どものときから、みんなのご飯を作らされてきた。

そんな毎日でも、シャロー様との婚約が心の支えだった。

お互いがまだ幼いときの取り決めだったけど、いつかお嫁《よめ》さんになれるのを夢見て頑張っていた。

私は気を取り直して聞く。

「で、ですが、少し急な話ではありませんか……？　初めてお聞きしましたが……」

「君を傷つけまいと、ずっと隠していたからね。どうだ、僕は優しいだろう？」

「っ……」

ショックで口も利《き》けなくなってしまった。

シャロー様は構わず話を続ける。

「ああ、そうだ。僕のことは心配しないでくれ。もう新しい女性と婚約しているからね。せっかくだから紹介しておこう。僕が真に愛する女性、アバリチアだ」

シャロー様が扉を開けると、派手に着飾った女性が入ってきた。

彼女を見た瞬間、私は倒れそうになる。

だって、よく知っている人だったから。

せめて、全然知らない人だったら良かったのに……。

「あら、お義姉様《ねえさま》。毎日毎日、ご苦労なことですわね。そんなお義姉様に、良《い》い知らせがありますわ。あたくし、シャロー様と婚約しましたの」

入ってきたのは、アバリチア・ランバート。

私の義妹だ。

いつもみたいに、私を馬鹿にしたように見ている。

「アバリチア……どうして、あなたが……」

「どうしてって、当然のことですわ。あたくしには〝聖女の力〟があるのですから。そのような人は、このサンルーナ王国でも他にいないでしょう」

いつの日からか、アバリチアは〝聖女の力〟が使えるようになった。

怪我《けが》を治したり、病気を治したり……聖女様として崇《あが》められている。

今や彼女は、ランバート男爵家の誇りだった。

「僕みたいな魔法の天才には、アバリチアみたいな女性じゃないと釣り合わないのさ。だって、そうだろう？　君は料理ができても、魔法はてんでダメじゃないか」

「そ、それはそうですが……」

シャロー様は、最近魔法が得意になられた。

どうやら、魔法の才があったらしい。

その腕前は、貴族の中でもウワサになっているほどだ。

「僕たちにとって、君は使用人と変わらないんだ」

「そ、それでも私は……みなさんが健康でいられるように、メニューや調理法を考えていました」

「お義姉様は、お料理くらいしか取り柄がないでしょう？　それを得意げに話されても困りますわ」

「料理なんてね、誰でもできるんだよ」

馬鹿にしたような二人を見て泣きそうになった。

昔から、シャロー様はよくランバート家に来ている。

だから、私はシャロー様にもお食事を出していた。

私に会いに来てくれているんだと思って、とても喜んでいたっけ。

でも、違った。

全部……アバリチアに会うためだったんだ。

「アバリチア、君は今日もキレイだね」

「ありがとうございます。シャロー様こそ、いつにも増して素敵ですわ」

シャロー様とアバリチアは、手をぎゅっと握り合っている。

それが二人の深い関係を表していた。

今にも涙が零《こぼ》れそうになる。

だけど、必死にこらえた。

「……申し訳ありません、シャロー様。今は手が離せないので、そのお話はまたあとで……」

もう心が壊れそうだ。

これ以上、話を続けられそうにない。

だけど、シャロー様たちはさらに追い打ちをかけてきた。

「君はもう、ランバート家にはいられないよ？　そうだよね、アバリチア」

「ええ、そうでした。お義姉様は、もうこの家にいられませんから。いつまでも、そこに立っていなくてよいのですよ」

二人はさも当然のような顔をしている。

しかし、混乱した私の頭では、何を言っているのか理解できなかった。

どうにかして、声を絞り出す。

「……それは、どういうことですか?」

「お母様たちと相談して、お義姉様は働きに出すことにしましたの。もうこの家に、お義姉様の居場所はありませんわ」

「メルフィー、君の代わりなんていくらでもいる。最後くらい、アバリチアのためになるようなことをしてくれたまえ」

そ、そんな……。

代わりなんていくらでもいる、と聞いて悲しくてしょうがなかった。

今にも泣きそうな私を見て、アバリチアは嬉《うれ》しそうに笑っている。

「働き口は冷酷公爵のお屋敷《やしき》ですわ。〝心まで氷の魔術師〟、と悪名高いルーク・メルシレス公爵様のね」

「い、今なんて言ったの? れ、冷酷公爵様?」

アバリチアの言葉に耳を疑った。

「だから、そう言っているじゃありませんか。だだをこねるような真似《まね》はしないでください。みっともないですわよ」

冷酷公爵。

この国でその名を知らぬ人はいない。

先の戦争で大きな戦果を上げ、公爵位を賜った方だ。

氷魔法が得意だそうだが、とても冷たい性格で知られている。

その名のとおり、心の底まで。

「でも、どうして、私が」

「ちょうど、シェフを探されていましたの。何でも食にうるさくて、料理人が次々と解雇されているそうですわ」

「料理しかできない君には、ピッタリじゃないか？　まぁ、たとえ即日クビになっても、僕たちに助けは求めないでくれたまえよ」

「お義姉様は、もうランバート家の人間ではありませんからね。せいぜいお得意の料理を活《い》かして、追い出されないように頑張ってくださいまし」

二人は話しながらニヤニヤ笑っている。

私がひどい扱いを受けるのを、楽しみにしているようだ。

「ねえ、アバリチア……この件をお父様たちが許したの？」

最後の望みをかけて言った。

「ええ、それはそれは喜んでおられましたわ」

「アバリチアと僕の婚約は、とても誇らしいと嬉しそうだったよ」


や、やっぱり……。

もともと、お父様はお義母様《かあさま》の言いなりだ。

それに、聖女になったアバリチアが実質ランバート家を仕切っている。

この家に私の味方は一人もいなかった。

「お前たち、準備は整《ととの》っているわね！」

アバリチアが手を鳴らすと、使用人が集まってきた。

いつの間にか、私の荷物がまとめられている。

「これはどういうこと、アバリチア？　なぜ、私の荷物が」

「話が流れてはいけませんからね。お義姉様は、さっさと冷酷様のところに行っていただかないと。こういう話は早い方が良いでしょう？」

「メルフィー、君はもう用無しになったってことさ」

「ちょ、ちょっと待って！」

あまりの急な展開に呆然《ぼうぜん》としてしまった。

「さあ、お前たち、お義姉様を冷酷様の元にお連れして」

「先方をお待たせしては悪いからね」

二人の合図で使用人が私を外に押し出していく。

「やめてっ」

そのまま、乱暴に馬車へ押し込まれた。

少ない荷物もドサッと乗せられる。

「では、お義姉様、ごきげんよう。お家《うち》のことは心配なさらないで。あたくしがいますもの」

「君に会うことは二度とないだろうね。まぁ、せいぜい追い出されないことだな。ハハハハハ！」

「そ、そんな……」


そして、私はランバート家を追放された。

□□□

「ここが公爵様のお屋敷……」

数日後、馬車からほっぽり出された私は、大きな館の前に立っていた。

とても威厳のある建物で思わず圧倒されてしまう。

ここで待っていればいいのかしら？

勝手に入るのはまずいわよね？

少し考えていると、お屋敷からメイドと少年の執事が出てきた。

「ようこそおいでくださいました。アタシ……じゃなくて、私はメイドのエルダと申します」

「お待ちしておりました、メルフィー様。僕……じゃなくて、私は執事のリトルでございます」

二人は揃《そろ》ってお辞儀をする。

年は離れていそうだけど、二人とも顔がよく似ていた。

もしかしたら、姉弟かもしれない。

「お出迎えありがとうございます。メルフィー・ランバートです、よろしくお願いいたします」

深々とお辞儀をした。

初対面の人には丁寧に挨拶しないと。

「あ、頭を上げてください、メルフィー様！　アタ……私たちは使用人なんですから！」

「執事なんかに、そのような態度を取らなくていいのです！」

「ですが、そういうわけには……」

「「おやめください！」」

「は、はい……」

二人に案内され、お屋敷の中を進んでいく。

はっきり言って、ランバート家よりずっと広かった。

豪華な装飾に見とれていると、二人の会話が聞こえてきた。

「姉さん、今度は女の人みたいだね。公爵様のお口に合うといいけど……」

「前のシェフは、たった一口で追い出されちゃったわよね。聞いた話だけど、婚約破棄されてここに来たってウワサよ」

「かわいそう……まだ若そうなのに、あの人も苦労しているんだね」

「無駄口はやめなさい、リトル。聞こえたら悪いでしょ」

「姉さんだって話してるじゃないか」

二人とも使用人になって、まだ日が浅いようだ。

やり取りが面白くて静かに笑ってしまった。

不安な気持ちが少しだけ和らいだ気がする。

「メルフィー様、こちらで少々お待ちくださいませ。直《じき》に、公爵様がいらっしゃいますので。今、お茶を用意させます。リトル、準備なさい」

「いや、でも、今日は姉さんの当番じゃ……」

「早くしなさい」

エルダさんに言われ、リトル君はしぶしぶ出ていった。

仲が良さそうな姉弟だなぁ。

と、思っていたら、エルダさんがススッと近寄ってきた。

「メ、メルフィー様、その……婚約破棄されたとは本当ですか？」

エルダさんは神妙な顔つきで言ってきた。

たぶん、アバリチアがウワサでも流しているんだろう。

「は、はい、婚約していた方は、私の義妹と浮気していて……〝飯炊き令嬢〟と結婚なんてできない、って言われてしまいました」

「浮気⁉　〝飯炊き令嬢〟⁉　ひっどー！　なんなの、そのクズ男！」

「え？」

突然の振る舞いにポカンとする。

エルダさんは慌てて口に手を当てた。

「こ、これは失礼いたしました」

「いえ、気にしないでください」

エルダさんたちとは良い友達になれるかもしれない。


「待たせたな」

そのとき、男の人が入ってきた。

とても背の高い人だ。

「こ、公爵様⁉　メルフィー様をお連れしました！」

途端にエルダさんは立ち上がり、シュッと背筋を正している。

かなり緊張しているようだ。

私も慌てて立ち上がる。

そうか、この人が……。

「私が屋敷の主、ルーク・メルシレスだ。君がメルフィー・ランバートか？」


冷酷公爵様だ。

初めてお目にかかった。

スラリとした体形で、珍しい蒼色《あおいろ》の髪をしている。

だけど、切れ長の目がちょっと怖かった。

眉間《みけん》にしわが寄っていて、なぜか機嫌が悪そうな感じだ。

「君がメルフィー・ランバートか？　と聞いている」

「も、申し訳ありません！　私がメルフィー・ランバートでございます！」

ぼんやりしてしまった。

急いで頭を下げる。

「来なさい」

公爵様に連れられていくと、大きなキッチンに着いた。

整理整頓されていて、とても清潔だ。

「広いキッチンですね」

「君は料理が得意と聞いた」

「は、はい……子どものときから、ずっと作っておりました」

公爵なんて偉い人と話したことなどない。

どうしても緊張してしまう。

「さて、君がここに来た理由はわかっているな？」

「公爵様のお食事をご用意する仕事だと……」

「そうだ。さっそく、今日の夕食を作ってもらおう。ただし、私を満足させられなければ、すぐに出ていってもらう」

「は、はい、頑張ります」

出ていけと言われてドキッとした。

「それと、君の分も作りなさい。食事を摂《と》りつつ、君が作った料理への意見を言いたいからな」

「え？　でも、さっきはすぐに出ていけって」

「さすがに、来たばかりで追い出すような真似はしない。もし追い出すとしたら、明日の朝だ」

「そ、そうですか」

まずかったら、やっぱり追い出されるのね……。

優しいんだか冷たいんだか、よくわからなかった。

「ここにある調理器具や食材は、自由に使ってくれて構わない。必要であれば、街へ買い出しに行ってもいい。もちろん、食材費は気にするな。私の名前を出せば、品物を渡してくるはずだ」

キッチンにはビン詰めされたオリーブオイルや、塩、コショウなどの調味料が揃っていた。

高価な物がたくさん置いてある。

「あの、公爵様はどんな物をお召し上がりになりたいですか？」

公爵様に尋ねる。

好みの食べ物があったら、それを作って差し上げたい。

「別に、なんでもいい」

「わかりました……」

なんでもいい、が一番困るのに……。

「それと、君に紹介しておくべき人がいる。ミケット、来なさい」

公爵様が呼ぶと、かっぷくのいい淑女《しゅくじょ》が出てきた。

「彼女はミケット。使用人たちの食事を作っている。ミケット、これからこの娘が私の食事を作る。キッチンを案内しなさい」

「しょ、承知いたしました、公爵様」

そう言うと、公爵様はさっさと出ていってしまった。

「初めまして、ミケットさん。メルフィー・ランバートです」

「聞いたよ、婚約破棄された上に家から追い出されたんだってね。なんてかわいそうな子なんだい。よりによって、公爵様のお食事を作ることになるなんて……オヨヨ……」

ミケットさんはシクシクと泣いている。

「いや、大丈夫ですから」

「公爵様は大変食事にうるさいんだよ。今までどんなに有名なシェフでも、構わずクビにされてきたんだから。アタイは公爵様担当じゃなかったから、何とか生き残ったけど……オヨヨ……」

相変わらず、ミケットさんはさめざめと泣いている。

「そ、そんなに泣かないでください。あっ、あれはもしかして……」

「……オヨヨ……水道だよ」

「さすが、公爵家ですね。水道まであるなんて」

蛇口をひねるとキレイな水が出てきた。

勢いはそれほど強くないけど、料理をするなら十分すぎるほどだ。

時計を見ると、まだ夕食までは時間があった。

自分の顔をパンッ！　と叩《たた》いて気合いを入れる。

「頑張りなさい、メルフィー。まずは、どんな食材があるか確認するのよ」

キッチンを見渡すと、片隅に大きな箱があった。

不思議なことに、全体的に冷たい。

よく見ると、箱の周りには魔法陣が刻まれていた。

「ミケットさん、これはなんですか？　こんな箱、見たことないです」

「これは公爵様がお作りになった魔道具だよ。氷魔法で食べ物が腐らないのさ」

「す、すごい」

これなら、いつでも新鮮な食材が用意できる。

蓋《ふた》を開けると、色とりどりの野菜が入っていた。

チェリーみたいにちっちゃなトマト、緑が眩《まぶ》しいピーマン、大きなマッシュルーム、スタミナが出そうなにんにく、大ぶりのズッキーニだ。

アサリやムール貝などの海の幸まである。

そして、奥の方には大きな魚が入っていた。

「うわぁ……マダイですね。おいしそう」

ほんのりとしたピンク色がキレイだ。

目が透き通っていて、とても新鮮なことがわかった。

身も引き締まり新鮮そのものだ。

「それは、今朝《けさ》捕れた魚だよ。公爵様から、食材はいつもたくさん用意しておくように言われていてね。市場で見かけた、おいしそうな物を入れてあるよ」

「だから、こんなに揃っているんですね」

「メルフィー、食材は足りそうかい？　必要な物があったら市場で買ってくるけど」

幸いなことに、ここにある食材で作れそうだった。

「ありがとうございます、ミケットさん。でも、これだけあれば十分です」

「何を作るんだい？　アタイの書き溜《かた》めたレシピならここに……でも、こんなんじゃ役に立たないねぇ」

「いいえ、大丈夫です。私は食材を見ただけで、レシピが思い浮かびますので」

「それはすごい能力じゃないか。羨《うらや》ましいよ、メルフィー」

このマダイをメインに決めた。

切り分けるより、丸ごと使ってあげたい。

さっそく、頭の中でレシピを組み立てる。


「よし……アクアパッツァを作ろう」


味つけは魚介のうまみを中心にして、トマトの爽《さわ》やかな酸味をアクセントに……。

完成したのを想像すると、お腹《なか》が空いてきた。

料理のコツは、自分がおいしそうに思った物を作ってあげることだ。

「では、始めますね」

まずは、マダイの下ごしらえから。

キッチンナイフの背を流すように当てて、ウロコを剝がす。

身を傷つけないように、しっぽから頭に向かってね。


「ずいぶんと手際《てぎわ》がいいねぇ、メルフィー」

「いや、ただ慣れているだけですよ」

腹ビレの間を切りこんで、内臓を出したら下ごしらえはおしまいだ。

水で丁寧に洗って、残ったウロコや身のヌルヌルを取る。

清潔なタオルで拭《ふ》いて、臭みを消してと。

「メルフィーは丁寧に料理をするんだね」

「おいしい料理を作るには、ちょっとしたひと手間が大切ですから。特にアクアパッツァは、食べてるときに硬い物を噛《か》んだりしないように気をつけています」

フライパンにオリーブオイルをぐるっと回し入れる。

半分に切ったにんにくを入れて火にかけると、香ばしい香りがしてきた。

温まるまで時間がかかるので、ピーマンとマッシュルーム、そしてズッキーニを一口サイズに切っておく。

アサリとムール貝は、ささっと洗うくらいでよさそうね。

「これで準備はできました」

「作るのを見ていたら、アタイもお腹が空いてきたよ」

湯気をすぅっと吸い込む。

香りづけもいい感じだ。

さて、いよいよマダイの出番ね。

頭が右を向くように置いて、じっくりと焼いていく。

「焼くときは向きにも気をつけた方がいいのかい？」

「こうすれば、ひっくり返したとき自然と左を向きます。にんにくは焦《こ》げるとよくないので、そろそろお皿に出しますね」

そして、マダイの身が崩れないように、丁寧に丁寧にひっくり返した。

「ふぅ……よかった。上手《うま》くいきました」

「メルフィーは上手だねぇ。アタイがやるときは、いつも身が崩れるのに」

「ポイントは魚にあまり触らないことです。焼いたお魚はポロポロしやすいので」

あとは、具材を一緒に煮ていけば完成だ。

白ワイン（高そうなのしかなかった）とお水を入れて、残りの食材を煮る。

そのうちスープが沸騰してきて、泡がポコポコ踊り出した。

このタイミングで、さっきのにんにくも戻してしまう。

最後は、スープをゆっくりとマダイにかけていく。

「メルフィー、回すようにかけているのはどうしてだい？」

「こうすると魚の身がふっくらするんです」

「へぇ～、なるほどねぇ」

そろそろ味見をしよう。

スープを一口飲んでみる。

「くぅぅ……！　おいしい！」

魚介の濃厚なうまみが出ている。

塩なんて必要ないくらいね。

ミニトマトの爽やかな酸味が、口の中をリフレッシュさせる。

一口飲んだだけですごい満足感だ。

我ながら上出来。

これなら公爵様も……。

ふっと横を見ると、ミケットさんが鍋をジッと見つめていた。

「あの、よかったら、ミケットさんもどうぞ。味見くらいなら大丈夫です。私の分もあるので」

「アタイにもくれるのかい？　では、お言葉に甘えて……うまぁ」

一口飲んだ瞬間、ミケットさんは満面の笑みになった。

「こんなにおいしいアクアパッツァはアタイも初めてだよ」

せっかくだから、料理名をつけたいな。

私は自分で作った食事に名前をつけるのが、密《ひそ》かな楽しみだった。

公爵様に初めて会ったときに作ったから……。

「ミケットさん。この料理の名前なんですが、〝出逢いのアクアパッツァ〟なんてどうでしょう？」

「メルフィー、料理名なんかどうでもいいよ。アンタが追い出されないか不安で不安で。アタイはもう、緊張で心臓が壊れそうだよ……オヨヨ……」

ミケットさんはまたオヨヨと泣き始めてしまった。

公爵様は気に入ってくださるかしら？

いいや、と私は首を振る。

自信を持つんだ、メルフィー。

ここまで来たら食べていただくしかない。

□□□

そして、夕食の時間がやってきた。

私は食堂にお料理を運んでいく。

「公爵様、お夕食ができました。〝出逢いのアクアパッツァ〟でございます」

「ふむ……なかなか美味そうだ」

お皿からは湯気がホクホクと立っている。

とりあえず、公爵様は美味そうと言ってくれた。

だけど料理名については、特にコメントがなかった。

「では、いただくとしよう」

公爵様はアクアパッツァをお口に運んでいく。

き、緊張してきた……。

さっきから公爵様は、無言でアクアパッツァを食べている。

「あの……おいしいですか？」

「食事中は静かにしなさい」

「あっ、はい……すみません」

さっそく怒られてしまった。
そのまま、しばらく無言の食事が進む。
私も食べながら料理を味わう。
マダイはふっかふかに仕上がっていた。
それなのに、身はぎゅっとしていて噛みごたえがある。
噛むたびに魚のうまみが溢《あふ》れてきた。
ピーマンもサクサクで歯ごたえが最高だ。
極めつきは、食材のうまみが溶け出したスープ。
マッシュルームが海の幸とベストマッチだ。
一口飲んだだけで、体が安らいでいくようだ。
気のせいか、ふんわりと潮風《しおかぜ》のような香りがした。
「おいしい……よかった……」
小声で呟《つぶや》いて、ふぅっと一息ついた。
自分で言うのもなんだが、おいしくできたと思う。
ウロコなどは丁寧に取り除いたので、嫌な食感もなかった。
公爵様もおいしいって思ってくれてるかな？
そーっとそちらを見る。
しかし、公爵様は小声でふむ……とか、ほぅ……とか呟いているだけだった。

と、思ったら、いきなり公爵様が話しかけてきた。

「この塩味はどうやってつけた？　塩をたくさん入れたのか？」

食事中は静かに、って自分で言ってたのに……。

「あ、あの……お話ししてもいいんですか？」

「私の質問に答えなさい」

「は、はい……すみません。塩は入れていません」

「入れてない？　では、なぜこんなに塩味がしっかりついているんだ」

「マダイと貝の塩味だけを使いました。それ以上塩を入れてしまうと、せっかくのうまみを邪魔してしまうと思いまして……」

その間にも、公爵様は丁寧にマダイをほぐしていく。

あんなキレイに食べられたら食材も嬉しいだろう。

「そして、なぜこの魚はウロコがないんだ？　丸ごと入っているだろう」

「全て丁寧に取り除きました。食事中に噛んで怪我したりするとよくないですから」

「身も崩れていないな」

「魚に触れないように注意して調理しました」

「ふむ……」

公爵様はなんとなく、納得したようなしていないような微妙な表情をしている。

だけど、肝心の味についてはまだ何も言っていない。

「そ、それで、お味の方はどうでしょうか？」

「ん……」

ん……って、おいしいってことですか？

と、聞きたかったけどグッと我慢する。

そのまま、最後まで食事は続いた。

結局、公爵様は全部召し上がってくれた。

だけど、私をここに置いてもらえるのかまだ教えてくれない。

このままじゃ緊張でどうにかなりそう……！

「あの、公爵様、私はどうなるのでしょうか？」

待ちきれず、自分から聞いてしまった。


「君はずっと、この家にいていい」

「ほ、ほんとですか⁉」


思わず、大きな声を出してしまった。

慌てて口に手を当てる。

「メルフィー、君は私の専属シェフになりなさい」

「それは専属契約ってことですか？」

「そうだ、不満か？」

「いいえ！　不満などございません！　私、とても嬉しいです！」

良かったたぁ、と一息つく。

これで、とりあえず居場所ができた。

「報酬は言い値で払おう。給金はどのくらい欲しい？　いくらでも出せるが」

「ほ、報酬なんていりません。ここにいさせてもらえれば、それでいいです」

「ふむ……まぁ、そういうことはおいおい決めよう。それと、私のことは公爵様と呼ばなくていい」

「そ、そうですか。承知いたしました」

しかし、私は困ってしまった。

なんて呼んだらいいいんだろう？

ファミリーネームのメルシレス様？

でも、ちょっと距離を感じる気がする。

「では、ルーク様とお呼びしてよろしいでしょうか？」

「好きにしなさい」

「あの……ルーク様……」

私は緊張して呼んだ。

「なんだ」

「私はお料理以外に、何をすれば良いのでしょうか？」

こんなに大きなお屋敷だ。

きっと、たくさん仕事があるに違いない。

何らかの覚悟を決める。

せっかく、家にいていいって言ってくれたんだ、頑張るぞ！

しかし、ルーク様は予想外のことを言ってきた。

「何もしなくていい」

「え？　いや、そういうわけにはいきません。置いていただくのですから」

「君は料理を作ってくれるだけでいいんだ」

料理だけしてればいいの？

なんだか申し訳ない気もする。

「でしたら、明日のご朝食は何時頃にご用意すれば……」

「私は朝食を食べない。いつも食べずに仕事へ行く。早朝から夜まで仕事があるんだ。君は夕食だけ用意してくれれば、それでいい」

そう言うと、ルーク様は食堂から出ていってしまった。

入れ替わるように、エルダさんとリトル君、そしてミケットさんが入ってくる。

「メ、メルフィー様……結果はどうでしたか？」

「追い出されちゃうのかい？　……オヨヨ」

「家にいていい、って言われました。夕食だけ作ってくれればいいって」

「「「うわーい！　ヤッター！」」」

三人は笑顔でバンザイしている。

まるで、自分のことのように喜んでくれた。

ルーク様と呼ぶことになったと伝えたら、みんなさらに驚いた。

「公爵様のお口に合うなんて、メルフィー様は料理の天才ですね！　しかも、名前で呼んでいいなんて、すごい気に入られていますよ。私たちなんかは恐れ多くて、絶対に公爵様としか呼べませんよ」

「エルダさん。私のことはメルフィー様って呼ばなくていいよ。もう男爵家の人間でもないし」

見たところ、エルダさんと私はそれほど年は離れていなさそうだ。

上下関係というよりは友達になりたい。

「よ、よろしいのですか？　メルフィー様」

「ええ、メルフィーって呼んで」

「じゃ、じゃあ、メルフィー……ちゃん。これから、よろしく」

「こちらこそよろしくね、エルダさん」

私とエルダさんはギュッと握手する。

「リトル君も、私に様なんかつけなくていいからね」

「ありがとうございます。では僕は、メルフィーさんと呼ばせてもらいますね」

「ええ、リトル君もよろしく……あっ」

急に力が抜けて、私はクタクタと座り込んでしまった。

「メルフィー、今日は疲れたろう。片づけはアタイがやっとくから、もうお休みよ」

「す、すみません。お願いします」

やっぱり、結構緊張してたんだ。

□□□

「ここがメルフィーちゃんのお部屋ね」

ということで、エルダさんが寝室まで案内してくれた。

「じゃあ、おやすみ、メルフィーちゃん」

「おやすみなさい」

ベッドに横たわる。

ふかふかで体が自然に沈んでしまうくらい柔《やわ》らかかった。

シーツからはとても良い香りがして、気持ちが落ち着く。

「ふう……今日は疲れたわね。でも、良かった……」

これまでの出来事を思い出す。

辛《つら》い目に遭ったけど、過去のことを悲しんでも仕方ない。

「それに、みんな優しい人でよかったな」

ルーク様だって冷たい感じだけど、そのうち仲良くなれるかもしれない。
明日からまた頑張らなくちゃ。
いつの間にか、私は眠っていた。

【間章】

「お義姉様を追い出して清々しましたわ」

あたくしはずっとお義姉様が目障りだった。

地味で料理しかできないくせに、ハンサムなシャロー様と婚約しているし。

家に来る貴族の人たちは、いつも喜んでお義姉様の料理を食べるし。

そのせいで誰もあたくしに注目しない。

面白くないったらありゃしないわ。

「アバリチアがいてくれて本当に良かったよ。あのままじゃ、僕は〝飯炊き令嬢〟と結婚させられるところだった」

「シャロー様……」

あたくしはシャロー様とジッと見つめ合う。

美しい金髪に切れ長の青い瞳。

いつ見てもカッコいいですわ。

お義姉様みたいなどん臭い女は釣り合わないのよ。

「とうとう、僕の家にも聖女の血が入ることになるんだね。これほど名誉なことはないだろうよ」

「あたくしもシャロー様と結ばれて心の底から幸せですわ」

〝聖女の力〟がある人なんて、そうそういない。

だから、フリックル家もこの結婚には賛成せざるを得ませんわ。

この家もシャロー様もあたくしが支配している。

そう思うと、とても気分が良かった。

「僕みたいな魔法の天才と君のような選ばれし聖女なんて、最高のカップルじゃないか」

シャロー様は魔法がとってもお上手。

いつからか、難しい魔法を使えるようになった。

きっと隠れた才能がおありになったのよ。

「結局、お義姉様は大した魔法が使えないままでしたわね。あれでは、人生の半分は損しているでしょうに」

「きっと、料理をするために生まれてきたんだろう。まったく、かわいそうだね。あの〝飯炊き令嬢〟はずっと料理をしていればいいのさ。ハハハハハ」

「見た目も地味ですし、あんなんじゃ嫁のもらい手もいないでしょう」

おまけに、家から追い出されているんですもの。

お義姉様の人生はお先真っ暗ね。

「冷酷公爵にもすでに追い出されているかもね」

「だとしても当然ですわ。お義姉様はひっそりと貧乏な暮らしでもしていればいいんですわ」

「まぁ、僕たちのところに来ても助けたりはしないけどね」

あたくしたちはお義姉様の悪口を言って盛り上がる。

人の悪口を言うのって、どうしてこんなに楽しいんでしょう。

「ねぇ、シャロー様。いつもみたいに魔法のダンスを見せてくださらない？」

「いいよ。アバリチアのためならいくらでもやってあげるさ。《キャット》！　《ドッグ》！」

シャロー様が杖《つえ》を構え呪文を唱える。

すると、魔力でできた動物が現れた。

赤色の犬や青色の猫で、キラキラ輝いていてとても愛らしい。

魔法を使うには呪文の詠唱だけじゃなくて杖も必要よ。

でも、やっぱりシャロー様は天才ね。

こんなに素敵な魔法が簡単に使えるんだから。

シャロー様が杖を振るたびに、かわいい動物たちがお部屋の中で踊る。

「わぁ、かわいい。いつ見ても本物みたいですわぁ」

「こんな魔法が使えるのは、僕くらいしかいないだろうね」

触ってみると、柔らかくて温かくて本当の動物みたいな触り心地だ。

青色の猫を撫《な》でてあげると、にゃあにゃあ甘えてきた。

はぁ〜、ホントに癒《いや》されるわ。

こんな楽しい物、お義姉様なんかに見せてやるものか。

「ねえ、シャロー様。他の動物も見たいですわ」

「よーし、愛するアバリチアのためなら出し惜しみなんかしないさ。《バード》！　《ラビット》！」

シャロー様が呪文を唱えるたび、魔力でできた色んな動物が生まれてくる。

あっという間に、部屋の中は色んな動物で溢れかえった。

ずっとこうして遊んでいたいなぁ。

そのとき、執事が入ってきた。

「失礼いたします、アバリチアお嬢様。トランタン男爵家のご子息が怪我《けが》をされてしまったそうで、お嬢様に治してほしいとのことです」

「……チッ」

あたくしは誰にも聞こえないように静かに舌打ちした。

せっかく楽しんでいるところなのに、邪魔しないでよね。

〝聖女の力〟を目当てに、こうして怪我人や病人がやってくるようになった。

正直に言って面倒だわ。

断ろうかしら？

「僕もアバリチアの力を見たいな。今、動物たちを消すね」

……まぁ、いいわ。

シャロー様に〝聖女の力〟をアピールするには格好の機会よ。

何度も見せて、あたくしの虜《とりこ》にしてやるわ。

「わかったわ。お通しして」

「かしこまりました」

すると、小奇麗な装いの婦人と幼い男の子が入ってきた。

「アバリチアお嬢様、この子が自宅の前で転んでしまいまして。治していただけないかしら？」

「うえ～ん、膝《ひざ》が痛いよぉ」

男の子はえんえんと泣いている。

うるさいわね。

あたくしは子どもが嫌いなのよ。

さっさと治してお帰りいただきましょう。

「では、そこにおかけになって」

男の子は膝を擦りむいて血が出ていた。

とは言っても、大した怪我ではなさそう。

ちょっと転んだくらい。

これくらいならすぐに治るわね。

「じゃあ始めるから、ジッとしてなさいよね」

あたくしは手の平に魔力を集中させていく。

すると、手がぼんやりと光り出した。

男の子の膝に当てると、少しずつ傷口がふさがり始めた。

「す、すごい！　さすがはアバリチアお嬢様ですわ！」

男の子のお母さんは驚いた顔で見ている。

ふんっ、これくらい当然よ。

ありがたく見ているといいわ。

しかし、調子が良かったのは最初だけで、その先はなかなか治っていかない。

「お姉ちゃん、まだぁ～？」

「う、うるさいわね、黙って見てなさいよ」

なんかいつもと勝手が違うような気がするけど、どうしたのかしら？

もう、さっさと治りなさい！　えいっ！

あたくしはさらに力を込める。

全力で魔力を注《そそ》ぐと、傷がじわじわと治っていく。

だけど、もどかしいほどスローペースだ。

そのうち、汗がダラダラ出てきた。

「お姉ちゃん、すごく怖い顔してるよ」

「ほ、放っておいて！」

このっ、早く治りなさい！

力を思いっきり込めると、男の子の怪我はようやく消えた。

「わあ、すごい！　ホントに治ったよ、お母さん！」

「ありがとうございます、アバリチアお嬢様！」

「はぁはぁ……こ、これくらい当たり前ですわ」

何とか、男の子の怪我は治った。

でも、普段よりとても時間がかかった。

おまけに、今までにないくらいのすごい疲労感だ。

お、おかしいわね、いつもならこんなの何ともないのに。

「すごいじゃないか、アバリチア。やっぱり、君は天才だよ」

「あ、あたくしの手にかかれば、この程度の怪我なんてあっという間ですわ。オホホホ」

シャロー様は嬉しそうに私を褒《ほ》めてくださった。

男の子と婦人はニコニコして帰っていく。

だけど、私の心にはかすかな不安があった。

前より〝聖女の力〟が弱くなっているような……。

いや、きっと気のせいですわ。

今日はたまたま調子が悪かっただけよ。

【第二章：～やわらか鶏団子の元気復活薬膳スープ～】

「ここが応接室……あれが私の書斎……そしてこっちが……」

翌日、ルーク様がお屋敷《やしき》を案内してくれた。

朝から仕事だと言っていたけど、時間ができたそうで一度お屋敷に帰ってきていた。

お屋敷を歩きながら、私はあることに気づく。

とても広いけど、あまり人がいないような……。

まだエルダさんたち以外の使用人と会ったことがない。

「あの、ルーク様」

「なんだ」

「使用人さんたちはどこかに出かけているんですか？」

こんなにお屋敷が大きければ、勤《つと》めている人はたくさんいるはずだ。

ランバート家でさえ、使用人たちがわんさかいた。

「使用人はエルダたち以外にはいない」

「そうなんですか。でも、こんなに広かったら、管理が大変ではありませんか？」

やっぱり、私も掃除とかした方がいいんじゃ……。

「問題ない。あれを見ろ」

ルーク様がお庭の方を指した。

そこでは、ほうきが勝手に動いて掃除をしている。

「誰もいないのにほうきが動いています」

「私の魔法で道具を自動的に動かしている。周りをよく見てみなさい」

言われたとおり、あたりを見回してみる。

シャベルが花壇を手入れしたり、ぞうきんが窓ガラスを拭《ふ》いていたり、たしかに全部自動で動いているみたいだった。

「す、すごい……これは便利ですね」

「私は人がたくさんいるのは嫌いだからな。使用人は最低限でいい」

そうなんだぁ、と思っていたら、お庭の片隅に何かあるのに気がついた。

「ルーク様、あそこにあるのは何ですか？」

それだけなんか変だった。

灰色の塊でモゾモゾ動いている。

何かの魔道具かしら？

「ああ、あれはフェンリルだ」

「そうですか……って、フェンリルですか⁉」

さらりと言われたけどとても驚いた。

だって、フェンリルって言ったら、あの伝説の魔獣だ。

「せっかくだから紹介しておこう。ついてきなさい」

「いや、でも、私……魔獣は……」

「別に害はない」

私に構わず、ルーク様はずんずん進んでしまう。

あの、怖いんですけど。

とは言えず、私も後をついていった。

「彼はフェンリルのルフェードだ」

「うわぁ……大きい……」

近づいてみると、大きな犬みたいだった。

体がモフモフしていて、とても柔《やわ》らかそうだ。

「ルフェード、調子はどうだ？」

『ああ……ルークか。なに、いつもと変わらんさ。俺も年なんだろう。おや、そっちのお嬢さんは？』

「うわぁっ！　しゃべった！」

驚いて、私は尻もちをついてしまった。

「そんなに驚くことではない。フェンリルくらいの魔獣になると、人語を理解するくらいの知能はある。覚えておきなさい」

「はい、わかりました。すみません……知らなくて」

『ルーク、もう少し丁寧に話してやれよ。俺はルフェードだ、よろしくな』

ルフェードさんはむくりと立ち上がると、私の方に近づいてきた。

「は、初めまして。私はメルフィー・ランバートと申します。昨日お屋敷に来て、ルーク様のお食事を作ることになりました」

『へぇ……ルークの舌を唸《うな》らせるなんて、なかなかやるじゃないか』

「こら、余計なことを言うんじゃない」

しかし、少し話したかと思うと、ルフェードさんは下を向いてしまった。

息がはぁはぁしていて、なんだか苦しそうだ。

「ルフェードさん、どうしたんですか？　お水でも持ってきますか？」

『いや、大丈夫だ……』

「どうやら、彼は病気らしい。なかなか治らなくてな、少々困っているところだ」

「え？　病気なんですか？」

そういえば、ルフェードさんは目がしょぼしょぼしていて、どこかぐったりしている。

モフモフして柔らかそうだった毛もよく見ると、パサパサでツヤがなかった。

「回復魔法や色んなポーションを試しているが、まったく効果がない。名のある医術師も原因すらわからないと言う始末だ。本来なら、体毛も銀色に輝いているのだが……」

『まぁ……もう年なんだろうよ』

ルフェードさんはしょんぼり横たわってしまった。

その姿を見ていると心が痛くなった。

「フェンリルは大変な長寿だと聞いているが、お前はそんな年でもないだろう」

『そうだな、あと五百年は生きられると思っていたが、予定より早くなったのかもしれない』

フェンリルといえば、神速と呼ばれるくらい足が速い。

それに、強靱《きょうじん》な爪だって持っている。

だけど、ルフェードさんは元気がなくて弱々しかった。

このままじゃ本当に死んでしまいそうだ。

『最近はちょっと話しただけで疲れるな』

「そうか、今日はもう休め。あとで気付け薬でも持ってこよう。街に新しいポーションが入ってきたらしい」

何とかして役に立てないかしら？

でも、私は回復魔法なんて使えないし、ましてやポーションの調合なんて……。

そのとき、あることを思い出した。

亡きお母様から、「あなたの料理には不思議な力がある」って言われたことがある。

『ううっ、寒いなぁ』

「またか……原因はなんなんだ」

「ルフェードさん、体が冷えてるんですか？」

「メルフィー、ちょっと触ってみろ」

ルフェードさんを触ってみると、たしかにひんやりしていた。

「ルーク様。もしかしたら、私が料理で何とかできるかもしれません」

「なに？　どういうことだ？」

私が言うと、ルーク様に鋭く睨《にら》まれた。

ちょっと怖かったけど、勇気を出して話す。

「昔から私の料理を食べた人は体が元気になるんです」

ランバート家に来たお客さんなどに、よく料理をお出しすることがあった。

いつか、持病がある人たちから、体調が良くなったと言われたことがある。

その経験を、私はルーク様に説明した。

「そんなことがあるとは信じがたいが……まぁ、食事なら問題ないだろう。ぜひ、ルフェードに何か作ってやってくれ」

「ありがとうございます、ルーク様」

よし、頑張るぞ。

「ただし……」

と、思ったら、再びルーク様が睨んできた。

ギロリと目が光っている。

な、なんだろう……怖い。

覚悟を決め、ゴクッと唾を飲んだ。

「私の夕食もしっかり作れ」

「は、はい、それはもちろん」

気が抜けて転びそうになったけど、必死にこらえた。

『俺なんかのために頑張らなくていいよ……』

「いいえ、少しでも治る可能性があったら頑張ります。待っててください、ルフェードさん。おいしいご飯を持ってきますから」

そうと決まったら、さっそく食材を買い出しに行かないと。

私はお屋敷に向かって走っていった。


「ここが市場かぁ」

「活気があるでしょ？」

「あっちの方にアタイがよく行く店があるよ」

私はエルダさんとミケットさんと一緒に、街の市場まで来ていた。

リトル君はお仕事があるみたいでお屋敷にいる。

「色んなお店がたくさんありますね」

右も左もズラリと屋台が並んでいた。

これなら食材探しには困らなそうだ。

「メルフィーちゃん、どういう料理を作るの？」

「薬膳料理を作ろうと思うわ」

「「薬膳料理ぃ？」」

二人は揃《そろ》って素《す》っ頓狂《とんきょう》な声を出した。

その反応が面白くてちょっと笑った。

「笑ってないで何なのか教えてよ～」

「あはは、ごめんなさい。その人の体調に配慮した食材を使った料理のことよ。食材の組み合わせを工夫《くふう》するだけで、体の調子が良くなるわ」

「そんな料理があるんだ」

「アタイも初めて聞いたよ」

「スパイスが大事なんです」

少し歩いてみると、独特な匂いがしてきた。

香辛料を扱っている店だ。

東方の国の特徴的な飾りがしてあった。

さっそく、中に入っていく。

「こんにちは、ちょっと見せてもらっていいですか？」

「いいよいいよ、好きなだけ見ていってくれ」

たぶん、専門店なんだろう。

色んなスパイスが並んでいる。

表で見た通り、東方の品が豊富だった。

「たくさんありますね」

「ああ、自慢の品ぞろえさ」

その中でも、ルフェードさんの体に良い物を選ぶ。

「メルフィーちゃん、すごい真剣な目をしてる……」

「狙った獲物は絶対に逃がさない、すご腕のハンターって感じだね……」

二人がボソボソ話しているけど、よく聞こえなかった。

スパイスは味と香りが強いけど、適度に使えば良いアクセントになる。

「あっ、これは五香粉《ごこうふん》ですね！　すごい、こんなものまで売っているなんて！」

「メルフィーちゃん、五香粉ってなに？」

「五種類のスパイスが混ざった粉よ。シナモン、クローブ、ウイキョウ、八角《はっかく》、花椒《かしょう》の組み合わせが有名かしらね」

「それを料理に使うのかい？」

「スパイスってお薬みたいな効果があるんです。クローブは体を温めるし、花椒は内臓の調子を整《ととの》えてくれます」

「「へぇ～」」

「お嬢ちゃん、よく知っているね。そんなに詳しい人はなかなかいないよ」

お店の人は感心したように笑っていた。

そのとき、片隅に赤くて小さな野菜が置いてあるのに気づいた。

唐辛子だ。

「味つけは唐辛子でピリ辛風味にしましょう。体が温かくなるしね」

やがて、頭の中にレシピが浮かんできた。

「このスパイスを使って薬膳スープを作ります」

「でも、この香辛料って香りが強くないかい？」

「嗅いでいるだけでくしゃみが出そう」

「上手《うま》く使えば大丈夫ですよ」

ということで、香辛料をいくつか選んで買った。

これだけ揃えれば十分だわ。

せっかく作るのだから、おいしく作ってあげたい。

あとはお屋敷にある食材で作ろう。

□□□

「さて、じゃあさっそく作りましょう。といっても、煮込むのがメインなんだけど」

お屋敷に帰ると、私は手早く準備を終えた。

エルダさんとミケットさんも、ぜひ見学したいということでキッチンに来ている。

「アタイにも見せとくれ」

「メルフィーちゃん、どんな料理にするの？」

「鶏肉《とりにく》をメインに使って、スパイスを利かせたピリ辛スープよ」

大きなお鍋へ、薄切りにした生姜《しょうが》とにんにくを入れる。

あとはネギも加えようかしら。

体を温めるし、邪気を追い払う効果があるからね。

ネギはザクザク切ってお鍋の中へ。

それから火をつけて炒めて香りを出していく。

そして、たくさんの水と、唐辛子を丸ごと入れた。

「唐辛子は切らなくていいの？」

「うん、これでいいの。切ってしまうと、辛くなりすぎちゃうから」

鶏肉は細かく刻んで、小さいお団子みたいにした方が食べやすいかな？

一切れが大きいと、ルフェードさんも食べるのに苦労するかもしれない。

体が弱っているだろうし。

底が深い器で、刻んだ鶏肉に軽く塩を振り、よく揉《も》みこんでいく。

そのまま、ネバネバしてくるまで続ける。

「ずいぶんと丁寧にやるんだね、メルフィーちゃん」

「念入りにするほど、舌触りが良くなるの」

「「へぇ～」」


途中で卵を入れて硬さを整える。

やがて、ちょうどいい具合になった。

お団子は小さめに作っておこう。

そのうち、お鍋が沸騰してきたので五香粉を少しずつ加えていく。

香辛料はクセが強いから、味見しながら調《ととの》えないとね。

クローブのほんのり甘くて渋い香りがかぐわしい。

味見をしてみる。

香辛料のピリリとした辛さで、体に活力が湧いてくる。

一口飲んだだけで、体がポカポカしてきた。

少し塩味を足したら完成だ。

「結構赤いスープだけど辛くないかい？」

「大丈夫です。見た目よりは辛くないですよ」

辛いといってもちょっぴりだ。

これなら食べやすいと思う。

「さっそく、ルフェードさんに食べてもらおう」

「「頑張れ、メルフィー（ちゃん）」」

二人が私を送り出してくれた。

出来上がったお料理をお庭に運んでいく。

ルーク様が興味深そうに眺《なが》めてきた。

「ほう……なかなか美味《うま》そうじゃないか。見たことのない料理だな」

「これは薬膳料理といって、体に良い食材で作ったスープです。辛そうですけど、見た目ほどではありません」

「ふむ……」

ルーク様は今にも食べ出しそうだった。

あの、これはルフェードさんのなんですけど……。

食べられないうちに、ルフェードさんの前に出した。

「はい、どうぞ。〝やわらか鶏団子の元気復活薬膳スープ〟です」

『おお、食欲をそそる良い香りだ。いいな、この匂い』

ルフェードさんはお鼻をヒクヒクさせている。

と、そこで、私はあることに気がついた。

「あっ、しまった！」

「どうした、メルフィー」

「うっかりして、普通のお皿に盛ってしまいました。食べにくいですよね？　すぐに盛り直します」

「別に問題ない」

「え？」

「あれを見ろ」

『これは美味そうだな』

ルフェードさんは、普通にスプーンとフォークを握っていた。

「に、人間みたいですね」

「あいつは意外と器用なんだ」

フェンリルがカトラリーを使えるなんて初めて知った。

『じゃあ、いただきます、ア～ン』

ルフェードさんは薬膳スープをゆっくり口に運んでいく。

『う、美味い！』

一口食べた瞬間、ルフェードさんは大きな声で言った。

暗かった表情が一気に明るくなっている。

『こ、これは美味いぞ！』

「どんな味なんだ？」

『ピリッとした辛さがあとを引くから、いくらでも食べたくなる！　そして、この鶏団子が最高だ！　小さくて食べやすい！　何より、噛《か》むと自然に崩れるくらいの食感が絶妙だな！』

ルフェードさんはガツガツと食べている。

「そんなに美味いのか」

『おまけに、このスパイスの加減が最高だ！　どんどん食欲が湧いてくるぞ！』

良かった、おいしかったみたい。

そっと安心する。

そのうち、ルフェードさんの体に変化が起きた。

全身の毛が銀色に輝き出したのだ。

さらには、パサついていたのがしっとりしてきた。

「あっ、ルフェードさんの体が！」

「まさか……こんなことが……」

やがて、全部食べ終わったとき、ルフェードさんが銀色に光った。

日の光を受けて、眩《まぶ》しいくらいに輝いている。

「ルーク様、何が起きているんですか⁉」

「あれがルフェードの本来の姿だ。信じられん……」

『うおおお！　体の調子がいいぞ！　病気が治ったんだ！』

ルフェードさんはすっくと立ち上がった。

『体も熱くなってきて良い感じだ！　ほら、触ってみろ！』

「うわぁ、あったかい……！」

ルフェードさんを触ってみると、体がポカポカしていた。

スパイスが効いたみたいだ。

『これならもう大丈夫だ！　こんなに体の具合が良いなんて久しぶりだな！』

「……君の料理を食べると病気が治るというのは、本当のことらしいな。こんなことは、私も初めて見た」

ルーク様はとても驚いている。

やっぱり、私のお料理には不思議な力があるんだ。

それに加え、今回はスパイスの効能でより強くなったのかもしれない。

何はともあれ、ルフェードさんが元気になって本当に良かった。

『メルフィー、ありがとう！　お前のおかげで病気が治ったぞ！』

ルフェードさんは嬉《うれ》しそうにピョンピョン跳ねている。

さっきまでのぐったりした感じとは大違いだ。

お屋敷の中からエルダさんたちがやってきた。

「やったんだね、メルフィーちゃん！」

「メルフィーさん、すごいよ！　ご飯で病気を治しちゃうなんて！」

「あんたは最高の料理人だよ！」

みんな、いっせいに私の周りに集まってくる。

しかし、ルーク様が一喝した。

「こら、お前たち、使用人はもっと丁寧に話さんか」

「「「も、申し訳ありません……」」」

三人はしょんぼりしている。

だけど、私はルーク様に言った。

「ルーク様、すみません。私が友達みたいに接してほしいと言ったんです」

「なに？　なぜだ、君は貴族の出身だろう」

「いえ、私はもう貴族の人間じゃありません。それに、立場が平等な方が私も楽しいですから」

「む……」

ルーク様は眉間《みけん》にしわを寄せて考えている。

そして、静かに言ってきた。

「メルフィーがそういうことなら……まぁ、いいだろう。ただし、来客の前では丁寧に話しなさい」

「「はい！　ありがとうございます、公爵様！」」

すると、ルフェードさんが近づいてきた。

『おい、メルフィー！　今からお礼に背中に乗せてやるぞ！　早くこっちに来い！』

「え、でも……いいんですか？」

「せっかくだから乗せてもらえ。ルフェードは結構速い。疾走感が気持ちいいぞ」

ルフェードさんはしっぽをフリフリしている。

早く乗ってほしそうだ。

「で、では、お言葉に甘えて……うわっ！」

跨《また》ろうとしたら、ひょいっと咥《くわ》えられて背中に乗せられた。

バランスが崩れそうになり、ルフェードさんの首にしがみつく。

ルーク様が呆《あき》れたような顔をしていた。

「そんなに力を入れるとルフェードが窒息するぞ」

「す、すみません、ちょっと怖くて……」

『ははは、別に気にするな。俺は苦しくも何ともない。じゃあ、いくぞ！』

「うわっ！　まだ心の準備が……！」

言い終わる前に、ルフェードさんはすごい勢いで走り出した。

周りの景色がどんどん流れていく。

だけど、不思議と息はしやすかった。

「あの、どこに向かっているんですか⁉」

『公爵領の端っこさ！』

少しすると、切り立った崖に出た。

遠くの方にお屋敷がポツンとある。

「ずいぶん遠くまで来ましたけど、ここも領地なんですか？」

『ああ、そうだ。反対方向も同じくらい広がっているぞ』

「そ、そんなにあるんですか」

これほど広い領地なんて、他には王様くらいしか持っていないんじゃないかな？

『メルフィー、ほんとにありがとな。お前がいなかったら、俺はどうなっていたかわからん』

「ルフェードさんが元気になってよかったです」

私たちはしばらく佇《たたず》む。

夕日がとてもキレイだった。

公爵家に来たときはどうなることかと思っていたけど、むしろ来られてよかったな。

「ルフェードさんとルーク様は長い付き合いなんですか？」

なんとなくだけど、二人は特別な関係みたいな雰囲気がある。

『俺はルークに命を救われたんだ』

「えっ？」

『昔ダンジョンの奥深くで、瀕死《ひんし》の怪我《けが》を負ったことがあってな。そのとき、俺を助けてくれたのがアイツだ。それから、一緒に仕事をしている』

「そうだったんですか」

『今度はメルフィーに命を助けてもらったってわけだ。さてと、そろそろ戻るか！』

「はい！」


ひとしきり走って、お庭に戻ってきた。

「楽しかったぁ……ルフェードさん、どうもありがとう」

『またいつでも乗せてやるぞ』

さぁ、夕食の準備をするか。

と、思ったら、ルーク様がまだお庭にいた。

「あっ、ルーク様。ただいま戻りました」

「メルフィー、どうもありがとう」

ルーク様にボソッとお礼を言われた。

「いえ、私は自分にできることをしただけですから」

「だが……これだけは言っておきたい」

いきなり、ルーク様はギラリと私を睨んできた。

とても真剣な目をしている。

こ、今度は、なんだろう……？

ゴクッと唾を飲む。

「私にも同じ物を作ってくれ」

「は、はい……それはもちろん」

転びそうになるのを、またもや必死にこらえた。

【第三章：～お庭で採れたナズナのキッシュとさっぱりドクダミ茶～】

「さて、そろそろ仕事に行く時間だな」

「お見送りします、ルーク様」

ルーク様の朝は早い。

そして、朝起きるとすぐに仕事へ行かれる。

さらには夕食のあともお仕事をされているみたいだ。

昨日も夜遅くまで書斎に明かりがついていた。

そのせいか、ルーク様の目は充血して少し赤くなっている。

顔も火照っているので、微熱もあるのかもしれない。

「どうした、メルフィー？」

「あの、何か簡単なお食事でもご用意しますか？」

ルーク様のお体が心配になって聞いた。

やっぱり、何も食べないでお仕事に行くのはよくないわよね。

「いや、それには及ばない」

「で、でも……」

しかし、ルーク様はスタスタと歩いていってしまう。

あっという間に、門まで来てしまった。

「では、行ってくる。帰りはいつもどおりだ」

「わかりました。行ってらっしゃいませ、ルーク様」

お屋敷《やしき》の門に立って、ルーク様を見送った。

朝ご飯をご用意しようとしたけど、今日も断られてしまったわね。

ルーク様は歩きながら、肩をトントンと叩《たた》いていた。

たぶん、肩も凝っているんだろうな。

お仕事でお忙しいみたいだし。

「あっ、そうだ。今日の夕食を考えないと」

お屋敷に戻ると、花壇の近くに誰かがしゃがみ込んでいた。

リトル君とミケットさんだ。

「はぁ、疲れますねぇ」

「どうしてこんなにたくさん生《は》えているんだろうね。ほんと憎ったらしいよ」

二人はブツブツ言いながら草を抜いている。

「何してるんですか？　リトル君、ミケットさん」

「あっ、メルフィーさん」

「アタイたちはね、雑草を抜いているのさ」

二人の前にはたくさんの草が生えていた。

薄い赤紫で縁《ふち》どりされた大きな葉っぱに、白い花。

これは……。

「ドクダミですね。たしか、繁殖力がとても強いと聞いたことがあります」

「そうなんです。抜いても抜いてもすぐに生えてくるんです」

「有効活用もできないし、まったく迷惑な草だね」

二人は文句を言いながら、ドクダミを抜いていく。

「根っこもしっかり張っていて抜くのも大変だし、僕はこの臭いが特に嫌いなんです」

「捨てに行くのも疲れるしね。困ったもんだよ」

「私も手伝います」

「ありがとうございます、メルフィーさん。今日は姉さんがお屋敷の中で仕事だから、とても助かります」

私も一緒に作業を始める。

二人の横にはドクダミの小さな山ができていた。

おそらく、すでに結構抜いたのだろう。

それでも花壇には、まだまだたくさん生えていた。

「お庭が広いから、いっぱい生えてしまうんですね」

「抜いても抜いても、すぐに生えてくるから困っているんです。もう永遠になくなることはないいんじゃないでしょうか」

「おまけにドクダミって、毒があるんだろう？　できれば、アタイは触りたくないんだよ」

ミケットさんは汚い物でも触るように、ドクダミを摘まんでいる。

「いいえ、この草に毒はないです」

「え、そうなんですか？」

「アタイは毒草だと思っていたよ」

私が言うと、二人はとても驚いた顔をしていた。

よく勘違いされるが、ドクダミに毒はない。

「毒草というよりはむしろ薬草といった方が正しいですね。冷え性が治ったり、美肌効果があったり、〝十薬《じゅうやく》〟なんて呼ばれることもありますよ」

「「へぇ～、このドクダミが」」

でも、どんどん繁殖するし、少し傷つけただけで嫌な臭いを出す。

だから、忌み嫌われることが多いのよね。

見たところ、たくさん生えていた。

そして、別の植物も繁茂しているようだ。

「メルフィーさん、こっちの雑草には、そんな良《い》い効果なんてありませんよね？」

細長い茎にハートの形の葉、小さな花がポツポツと咲いている。

これもまたどっさりと育っていた。

「あら、これはナズナね」

この植物も一般的には雑草と言われている。

あっという間に生長するうえ、繁殖力が強いからだ。

「この雑草も迷惑極まりないね。アタイたちがどれだけ困っていることか」

「どこから種が飛んできたのか全然わかりません。いつの間にか、こんなに生えてしまったんですよ」

「ナズナは雑草と言われているけど食べられるのよ」

「「え、食べられる⁉」」

二人はとても驚いていた。

「それにドクダミもナズナも雑草と言われているけど、実際は野草なの。生命力が強いからお料理に使ったら、活力が吸収できるかもしれないわ」

「野菜でもないのに食べられるんですか？」

「下準備をしっかりすれば大丈夫よ」

「メルフィーは食べ物のことなら何でも知っているね」

「まぁ、よく本を読んでいましたから」

見たところ、ナズナもドクダミと同じくらい生えているみたいだ。

これを全部抜き取るのは大変だろう。

いくら抜いても、またすぐ生えてくるだろうし……。

「何かこの野草を使って、おいしい料理ができないかしら？」

せっかく、体に良い成分が入っているのだ。

捨ててしまうくらいなら、料理に使った方が野草もみんなも喜ぶだろう。

「ドクダミやナズナがご飯になるんですか？」

「食材としては栄養もあるし十分使えるわ」

「アタイは野草料理なんて初めて聞いたよ」

「ナズナは目の疲れに効くだけじゃなく、熱を下げる効能もあります。ドクダミはお肌にも良いし肩こりだって和《やわ》らぎます。あとはダイエットにも効果的ですね」

「ダイエット⁉」

「きゃあっ！」

ミケットさんがすごい勢いで迫ってきた。

「ぜひ作ってちょうだい、メルフィー」

「僕も野草料理、食べてみたいです」

今朝《けさ》のルーク様を思い出す。

野草料理を食べれば、お体の調子が良くなるかもしれない。

「じゃあ、さっそく今日の夜ご飯に使いましょう」

「「やったー！」」

私たちは野草を持って、キッチンに歩いていく。

ルーク様の体調が少しでも良くなったらいいな。

「さあ、作りましょう。まずは、ドクダミの下準備からね」

ドクダミをよく洗って、葉っぱと花を取っていく。

「メルフィー、茎のところはどうするんだい？」

「乾燥させれば、お茶として飲めます。花も茎も、全部お茶っ葉として使えるんです」

「そんなに有効活用できるんですね」

しかし、私はちょっと困った。

ドクダミ茶を作るには、乾燥させる必要があるんだけど……。

外に吊《つ》るしておくと時間がかかるし、でも私は魔法をあまり使えないし。

「どうしたんですか、メルフィーさん？」

「ドクダミを乾燥させたいのだけど、自然乾燥だと時間がかかるから、どうしようかと思って。リトル君は物を乾かす魔法とか使える？」

「すみません、メルフィーさん。僕は魔法はまだあまり使えなくて……」

「それなら、乾燥箱があるよ。こっちにおいで」

ミケットさんがキッチンの隅に案内してくれた。

冷蔵箱と同じように、魔法陣が描かれた箱がある。

「これが乾燥箱なんですか、ミケットさん？」

「ああ、そうさ。中に入れとくと、すぐにカラッカラになるんだ。これを使うといいよ」

どうやら、ルーク様がいろいろ用意してくれていたみたいだった。

ドクダミを乾燥箱にそっと入れる。

蓋《ふた》を閉じると、ゴーッ！　という音がし始めた。

「これで大丈夫だよ、メルフィー」

「じゃあ、この間にナズナを使ってメインのお料理を作ることにします」

「ナズナはどんな風に調理するんですか？」

「キッシュにするのよ」

「「おぉ～、キッシュ」」

二人は感心したような顔をしている。

「ナズナはあっさりした味わいで、野草だけど食べやすいの」

「それは意外ですね」

「なんだか、アタイも楽しみになってきたよ」

「さて、ナズナも下準備しないといけないですね」

食べやすいと言っても野菜よりはアクがある。

まずは、お水でよく洗おう。

そうしたら、たっぷりのお湯でグツグツ煮る。

「長く茹《ゆ》でた方が良いんですか？」

「いいえ、短くて大丈夫よ。柔《やわ》らかくなってくれれば十分だわ」

茹で上がったら冷たい水で冷やす。

アク抜きをしても、ナズナは鮮やかな緑色だった。

とても美しくて目にも眩《まぶ》しいくらいだ。

「うわぁ、メルフィーさん！　すごく見事な色です！」

「こんなにキレイな緑は野菜でもなかなか見ないね」

「見るからに栄養がありそうでしょう？　ちょっと、味見をしてみましょうか」

かじってみると、爽《さわ》やかでさっぱりしている。

リトル君とミケットさんにも少し分けた。

「意外といけますね」

「ただの雑草だと思っていたけど、野菜みたいじゃないか」

「これを一口サイズに切ったら、いよいよキッシュを作ります」

具材はナズナの他はベーコンと玉ねぎにしよう。

玉ねぎをサクサクとスライスしていく。

切っていると目がツーンとして涙が出そうになった。

だけど、こういう体験も料理ならでは。

ベーコンも薄めに切りましょう。

オリーブオイルを引いたフライパンで、玉ねぎとベーコンを炒《いた》めていく。

ジュワーッという音がして、お肉が焼ける良い匂いがしてきた。

「メルフィーさん、これだけでもおいしそうです」

「アタイもお腹《なか》が空いてきたね。見てると食べたくなっちゃうよ」

「ダメですよ。これはフィリングの材料になるんですから」

ナズナを加えて味を調《ととの》えたら、フライパンは火から外しておく。

「一度、火から下ろすんですか？」

「こうしてフライパンを冷やさないと、卵液を入れたときに固まってしまうの」

「「なるほど……」」

「次は卵液を作っていきましょう」

卵とクリームをクルクルとかき混ぜる。

アクセントに細かく刻んだチーズも入れた。

やがて、少しずつ泡立ってきた。

その中に炒めたベーコン、ナズナ、玉ねぎを入れて全体をゆっくり馴染《なじ》ませていく。

「栄養がたくさんありそうですね」

「これがキッシュの元、フィリングよ。敷いたパイにのせましょう」

パイ生地《きじ》（小麦粉とバターで作っておいた）をお皿にのせたら、底をフォークで刺して空気の逃げ道を作っておく。

フィリングを注《そそ》いだら、あとは焼くだけだ。

「出来上がるのが楽しみだね」

やがて、キッシュが焼き上がった。

ホカホカと良い匂いが立ち上っている。

「少し味見しましょう」

二人にもちょっと分ける。

「「「おいし〜い」」」

「そろそろ、ドクダミを取り出してみましょうか」

乾燥箱に入れておいたドクダミを取り出す。

触るとパリパリになっていた。

これくらいなら大丈夫だわ。

「さぁ、飲んでみましょう」

ドクダミの茶葉に、トクトクとお湯を注いでいく。

琥珀《こはく》色に透き通ったお茶ができた。

さっそく、コクリと飲んでみる。

「ふぅ……おいしい……」

ドクダミ茶は意外にもスッキリと飲みやすい。

かすかに、薬草のような香りと味がした。

口の中がサッパリするわ。

リトル君たちもびっくりしたように飲んでいる。

「ドクダミ茶は結構香ばしいんですね」

「まさか、あのにっくきドクダミがこんなにおいしいお茶になるなんて」


そろそろ、ルーク様のお夕食の時間だ。

「それでは、ルーク様にお出ししてきます」

「こんなおいしい料理を作ってくれるなんて、公爵様は幸せ者ですよ」

「公爵様もきっと喜んでくれるさ」

キッシュとお茶を運んでいく。

その途中、かすかな不安が胸をよぎった。

お口に合うかしら……？

やっぱり、まだ不安になるときがある。

「いつも全部食べてくれてるし、大丈夫よ」

自分に言い聞かせるように呟《つぶや》く。

食堂に行くと、ルーク様はもうお席に着いていた。

「申し訳ありません、遅くなってしまいました」

「別に、待ってなどいない」

緊張しながらお料理を出す。

「〝お庭で採れたナズナのキッシュとさっぱりドクダミ茶〟でございます。花壇に生えていた野草を使ったお料理です」

「ほぅ……野草料理か、珍しいな」

キッシュを丁寧に切り分けた。

ルーク様は興味深そうに見ている。

「どうぞ、お召し上がりください」

ルーク様の前にお出しした。

しかし、ルーク様は一向に食べようとしない。

ど、どうしたのかしら？

もしかして、お気に召さなかったんじゃ……。

「君も早く席に着きたまえ」

「も、申し訳ありません！」

慌てて席に座る。

待っててくれたのかな？

そーっと、ルーク様を見る。

だけど相変わらずの仏頂面《ぶっちょうづら》で、何を考えているのかはわからなかった。

「では、いただくとしよう」

ルーク様はキッシュを口に運んでいく。

ドキドキしてきた。

「ど、どうですか、ルーク様?」

「……美味《うま》い」

それを聞いて、とても嬉《うれ》しくなった。

ルーク様は淡々と食べているけど、たしかに「美味い」と言ってくれた。

作ったお料理をおいしいって言ってくれるのが、やっぱり一番嬉しい。

喜びと安心とでふわふわとしてしまった。

「良かったです……」

「ぼんやりしていないで、君も食べなさい」

「す、すみません、いただきます!」

慌てて、私もキッシュを食べる。

こ、これは……おいしい。

自分を褒《ほ》めるようだけど、とても上手にできたと思う。

「私に遠慮せず、どんどん食べなさい」

「は、はい、ありがとうございます」

ナズナはあっさりしているが、存在感抜群という感じだ。

このあたりが野菜と野草の違いね。

そして、ベーコンの塩味との組み合わせが最高だった。

玉ねぎもくったりしていて、ちょうどいい甘味が出ている。

「君はほんとに料理が上手《うま》いんだな」

「あ、ありがとうございます」

いきなりルーク様に褒められ、さらにドキドキした。

「ベーコンや玉ねぎ以外にも何か入っているな。口の中で伸びるような食感がある」

「刻んだチーズを入れてあります。隠し味です」

「なるほど、チーズだったか」

ルーク様は感心したように、キッシュを食べていた。

そういえば、最近はルーク様とお話しできている。

「食事中は静かにしなさい」と言われることもなくなった。

初めてお屋敷に来たときより、少しずつ距離が近づいているのかな。

「ここでの暮らしには慣れたか？」

「はい、ルーク様のおかげで、楽しく過ごさせていただいてます。使用人さんたちも、みんな良い人でよかったです」

「彼らもメルフィーが来てよかったようだ」

ひとしきり食事が進み、キッシュも残りわずかとなった。

「ルーク様、そろそろお茶をお淹《い》れしましょうか？」

「頼む」

ドクダミの茶葉にお湯を注ぐ。

鼻の奥がスーッとする香りが漂った。

「ルーク様、ドクダミ茶でございます。こちらもお庭で採れた野草です」

「ほう……紅茶はよく飲むが、ドクダミの茶とはな。なかなかキレイな色じゃないか」

ルーク様は琥珀色のお茶を珍しそうに眺《なが》めている。

そして、コクリと一口飲んだ。

そのまま目をつぶって、しばらくドクダミ茶の余韻を楽しんでいるようだった。

「ど、どうでしょうか？」

「美味い……食後にちょうどいい味わいだ」

「気に入っていただけてよかったです、ルーク様」

「君の手にかかれば何でも食材になってしまうんだな。感心するよ」

ルーク様がまた褒めてくださった。

「いえ、私には料理くらいしかできませんから」

「まぁ、そんなに謙遜するな。……なんだ？　急に目がスッキリしたな。朝から熱っぽかったのも治ったし……それどころか、肩まで楽になった気がする」

ルーク様はしきりに、目や額に手を当てたり肩を回したりしている。

とても不思議そうな顔だった。

「ナズナは目の疲労を和らげたり、熱を下げる効果があります。そして、ドクダミには肩こりに良い成分があります。おそらく、それが効いてお体の調子が良くなったのかと」

「もしかして、そのために野草を使ったのか？」

「ナズナやドクダミの成分で、ルーク様のお疲れを癒《いや》したかったのです。今朝も目の疲れや微熱、肩こりがありそうでしたから……」

「そうか、見られていたか」

ルーク様は恥ずかしいような表情で苦笑していた。

「でも、治ってよかったです。肩こりが悪化して、倒れてしまうと大変ですから」

「それは大丈夫だ。肩こりで倒れた人間はいない」

ルーク様はいたって真面目な顔をしている。

そのお顔を見ていると、私はだんだん恥ずかしくなってきた。

た、たしかに、肩こりで倒れる人なんていないわよね。

どうして私は気の利《き》いたことが言えないのかしら。

「だが、野草がこんなに美味いとはな」

「ええ、アク抜きをしっかりすれば、野菜と同じようにおいしいです」

「しかし、どうして庭で採れたナズナやドクダミなんだ？　食費のことなど気にする必要はないんだが」

「はい、それは……」

と、そこであることに気がついた。

公爵であるルーク様には、もっと立派な食材でお作りした方が良かったかもしれない……。

お庭で採った物より市場の高価な食べ物の方が……。

必死に謝る。

「も、申し訳ありません、ルーク様！　今後はもっと豪華な食材を使います！」

しかし、ルーク様はポカンとしている。

「突然どうした、メルフィー？」

「あ、いや、もっと高級な食材を使った方が良かったかと思いまして……。お庭で採れた野草なんて、よくなかったですよね？」

「いや、そういうわけではない。純粋に疑問に思ったのだ」

どうやら、ルーク様は怒ったりしていないようだ。

静かにホッとする。

「今日、リトル君たちの雑草採りをお手伝いしたんです。そのとき、ナズナとドクダミがたくさん生えていて、リトル君たちが困っていると聞きました。何か使い道が見つかれば、みなさんの苦労が報われるかなと思いお料理に使いました」

「そうか」

私の答えを聞くと、ルーク様はまた食事に戻った。

もくもくとキッシュの残りを食べている。

今のお答えは、特に問題はないわよね。

でも、私は心の中でモヤモヤ悩んでいた。

「ありがとう、メルフィー……」

ルーク様はボソッと何かを言ってきた。

なんだろう？

だけど、小さな声なのでよく聞こえなかった。

「何でしょうか、ルーク様？」

「いや、何でもない。しかし、このキッシュは本当に美味いな。野草もなかなか良いじゃないか」

「ありがとうございます。楽しんでいただけて、何よりです」

私たちの間をゆったりとした空気が漂う。

「さて、キッシュをもう少し貰《もら》おうか」

「はい、今取り分けますね」

私はルーク様と食事を続ける。

会話は少ないけれど、たしかに楽しい時間だった。

「庭にある野草でまた料理を作ってくれ」

また作ってくれと言われ、嬉しくなった。

すかさず、大きな声で返事する。

「はい、いくらでもお作りします！」

「毎日じゃなくていいからな」

こうして、お庭で採れる野草（元雑草）たちは、お屋敷の定番食材になった。

【第四章：～朝から爽快もぎたてレモンのフレンチトースト、林檎とナッツの爽やかサラダ～】

「メルフィー、最近仕事に余裕が出てきたんだ」

「そうなんですか、それは良かったです！」

夕食後にお庭でエルダさんとリトル君の仕事を手伝っていると、ルーク様が話しかけてくれた。

「だから、いつもより遅く屋敷《やしき》を出られる」

「ええ、そうですね」

お仕事が減れば、ルーク様がお屋敷にいられる時間も増える。

今までより朝もゆっくりできるだろう。

ルーク様の負担が減るのであれば、私も嬉《うれ》しい。

過労で倒れてしまわないかと不安だった。

「この話には続きがあるんだが」

「はい、何でしょうか？」

「つまりだな」

しかし、ルーク様はなんだか歯切れが悪い。

何かとても言いにくそうな感じだ。

「……あ……ん……」

「ルーク様、すみません。あん……とは、何でしょうか？」

ルーク様が食べたい物かしら？

だとしたら、何としても聞かなければならない。

「……ってくれないか？」

しかし、ルーク様はボソボソ話しているので、よく聞こえなかった。

さっきから、何を言っているのだろう？

「すみません、ルーク様。もう一度言っていただけ……」

え、ちょっと待って？

そのとき、私は気づいてしまった。

もしかして……。

「出ていってくれないか、ってことですか⁉　も、申し訳ありません、ルーク様！　どうか、もう少しだけでもいいので、お屋敷に置かせてもらえませんか⁉」

「な、なに⁉」

私は必死に頼み込む。

冷や汗がダラダラ出てきた。

ここ以外に私の居場所はどこにもないのに。

「お料理だって今まで以上に頑張ります！　お望みとあれば、お屋敷中の野草で特大のキッシュを……！」

「だから、どうしてそうなるんだ！」

「でも、今、出ていってくれないかって……」

「言ってない！」

「で、でしたら、いったい何を……」

ドキドキしながらお返事を待つ。

心の中で懸命に神様へお祈りする。

お願いします、どうか追い出されませんように！

やがて、ルーク様はボソッと言ってきた。


「……私に朝ご飯を作ってくれないか？」

「あ、朝ご飯……ですか？」


あまりの予想外のことに拍子抜けしてしまった。

もうちょっと、はっきり言ってくれてもいいのに。

「だから、そうだと言っている」

「わかりました！　そういうことでしたら、ぜひお任せください！　おいしい朝ご飯をご用意します！」

気持ちが昂《たかぶ》った。

せっかく、ルーク様から言ってきてくれたのだ。

おいしい朝ご飯を作るぞ。

「ルーク様は何をお召し上がりになりたいでしょうか？」

「別に、何でもいい」

「あっ、ルーク様！」

そう言うと、ルーク様はさっさとお屋敷に戻ってしまった。

何でもいい……か。

やっぱり、今回も食べたい物を教えてくれなかったな。

いつか、ルーク様の好きな物を作って差し上げたいのだけど……。

「あれ？　エルダさんとリトル君がいない」

いつの間にか、二人とも姿を消していた。

と、思ったら、木の陰に隠れていた。

「メルフィーちゃん、すごいよ！　公爵様が朝ご飯を食べたい、って言うなんて！」

「僕もこんなこと初めて聞きました！」

エルダさんもリトル君も、とても驚いている。

「そ、そんなにすごいことなのかな？」

「「そりゃもう！」」

するると、森の中から、ルフェードさんが走ってきた。

『おーい、今の会話を聞いたんだが。本当か？』

「あっ、ルフェードさん。ルーク様が朝ご飯を食べるって話ですか？」

『ああ、そうだ』

「でも、よく聞こえましたね。ずっと森にいたんですよね？」

『俺は耳には自信があるんだ』

ルフェードさんは耳をピクピク動かしている。

かわいいなぁ。

『まさか、あのルークが朝ご飯を食べるなんてな』

「でも、珍しいことなんですか？　ルフェードさんまで驚くなんて……」

『少なくとも俺たちが出会ってから、アイツが朝ご飯を食べたことは一度もなかった』

「そんなに食べていないなんて……」

『朝はいつも何もする気がしない、とか何とか言ってたな。あの調子だと、昔からそういう感じなんだろう』

どうやら、ルーク様は長いこと朝ご飯を食べていないようだった。

『そしてメルフィーが来てから、ルークはどこか変わった気がするな。前はもっとツンケンしていた』

「え、そうだったんですか？」

たしかに、初めてお会いしたときより、物腰が柔《やわ》らかくなったような気がする。

今でもちょっと冷たいときはあるけど。

「アタイも公爵様は優しくなられた気がするわ」

「うわっ、ミケットさん！　びっくりしたぁ！」

いつの間にか、ミケットさんが真後ろに立っていた。

「アタイがここに来た頃なんか、すっごい怖かったんだから。ずっと眉間《みけん》にしわが寄っていることが多かったけど、最近はそんなこともなくなってきているしね」

「ミケットさんもそう思いますか？　僕もちょうどそう思っていたんですよ」

「全部、メルフィーちゃんが来てからよね。アタシたちにも優しくなられたような気がするわ」

『やっぱり、メルフィーとの出会いがあいつを変えているんだな』

三人と一匹（魔獣も〝匹〟って数えるのかしら？）は、ずっとああだこうだ言っていた。

私はグッと気合いを入れる。

せっかく、ルーク様が期待してくれているのだ。

「絶対においしい朝ご飯を作るぞ！　さっそくレシピを考えなくちゃ！」

キッチンに走っていく。

ルーク様に最高の朝ご飯を作ってさしあげたい。

「どんな料理にしようかしら？」

私はキッチンで考えていた。

ルーク様に朝ご飯をお出しするのは初めてだ。
あまり量が多いと胃もたれしちゃうかもしれないし。
かと言って、少ないと物足りないだろうし。
何を作ろうかな。
『メルフィー、良《い》い物持ってきたぞ』
そのとき、窓からルフェードさんが顔を出した。
口に黄色い物をくわえている。
「ルフェードさん、それは何ですか？」
『ほら、屋敷の森で採れた果物だ。ルークの朝ご飯に使えるんじゃないかと思ってな』
「うわぁ、レモンですね！　こんなに採ってきてくださって、ありがとうございます」
さっそくレモンを受け取った。
太陽の日差しをたっぷり受けて、とてもみずみずしい。
鮮やかな黄色は吸い込まれるような美しさだ。
レモンを眺《なが》めていると、レシピが浮かんできた。
「そうだ！　このレモンを使ってフレンチトーストを作りましょう！」
『いいじゃないか！　朝にはピッタリだな！』
レモンの爽やかさを活《い》かして、ほんのり甘い味つけに。
これなら、朝からさっぱりすると思う。

でも、レモンはどうやって使おうかしら？

このままだと、さすがに酸っぱすぎるわよね。

キッチンの中を探しているとはちみつがあった。

「このはちみつとレモンを合わせることにします。そうすれば、酸味が落ち着くはずです」

『想像するだけで美味《うま》そうだ。出来上がったら、ちょっと分けてくれ』

「少しだけですからね。今日のうちに、はちみつレモンだけ用意しておきましょう」

レモンは丁寧に水洗いしたら、薄めにスライスしていく。

ここで種をしっかり取っておくのが大事、嚙《か》むと痛いからね。

ビンに入れてはちみつをなみなみと注《そそ》いだらおしまい。

「これで下準備はできました」

『明日が楽しみだな』

□□□

翌日、私はいつもより少し早くキッチンに来た。

ルフェードさんもちゃっかりと、窓の外でウロウロしていた。

「朝ご飯作りますよ～」

『おっ、そうか。俺は別に、たまたま歩いていただけだからな』

「はい、わかってますよ」

まずは、ブレッドを半分に切り分けよう。

レモンは、はちみつに漬けなかった分を搾って、果汁を用意する。

『酸っぱい匂いが爽やかだな』

「レモンはたくさんあるから、たっぷり使いましょう。皮もすりおろせば、おいしく食べられます」

次に、溶き卵とミルクを混ぜて卵液を作った。

底の深いお皿にレモン果汁と一緒に注ぐ。

砂糖で味を調《ととの》えたら、ブレッドを丁寧に置いた。

『どれくらい浸《ひた》しておくんだ？』

「だいたい十分くらいでいいです」

そして、いよいよブレッドを焼いていく。

フライパンでバターをゆっくりと温める。

じゅわぁっと溶けたら、卵液とレモン果汁でひたひたになったブレッドを焼きましょう。

やがて、良い匂いとともにきつね色になってきた。

ひっくり返したら蓋《ふた》をして、少しの間蒸《む》していく。

こうすれば、ふんわりサクッとなるはずだ。

焼き上がったらはちみつレモンをのっけて、粉砂糖を少し振って完成。

「では、味見してみます」

『俺にもくれよ』

「全部はダメですからね」

『わかってるって』

私とルフェードさんは一口ずつ食べてみる。

「『……甘くておいし～い！』」

レモンの酸味がほどよく抑えられ、それなのに爽やかさが残っている。

フレンチトーストもサクサクふわふわで、とてもおいしい。

これならルーク様にも喜んでいただけるだろう。

「パンだけだと寂しいからもう一品作りましょう。やっぱり、朝はお野菜を採った方が良いわよね」

『俺は野菜なんかより肉や魚の方が良いな』

「この朝ご飯はルフェードさんのじゃないんです」

キッチンの中を探すと、林檎やナッツ、チーズの残りがあった。

「ちょうどいいわね。これを使いましょう」

新鮮なレタスもあるのでサラダにする。

朝から野菜を食べるのは、健康にとてもいいからね。

『野菜ばっかでいいのか？』

「チーズとナッツを入れるので、とても栄養があるんです。まずは、ナッツから調理していきます」

ナッツを食べやすい大きさに砕いていく。

「林檎はスライスした方が食べやすいですかね？　そうすれば、レタスと一緒に食べられますし」

『メルフィーは食べやすさとかも大事にするよな』

「お料理は食べる人のことを一番に考えないといけませんから」

レタスはナイフで切るより、手でざっくりとちぎった方が良さそうだわ。

葉っぱをちぎるときのザクザクとした感じが心地よい。

食材を丁寧に盛り付け、林檎とレモンで作ったドレッシングをかけたら完成だ。

林檎は皮を残しておいたから、緑と黄色、赤色のコントラストがとてもキレイだった。

『へぇ、見た目も鮮やかだな』

「料理は五感で楽しむものですからね」

レモンと林檎でたっぷり栄養補給だ。

これなら、お肉やお魚を使わずに手軽に栄養が摂《と》れる。

胃もたれもしないだろう。

さて、そろそろルーク様が起きてくる時間だ。

「じゃあ、朝ご飯を持っていきます」

『ルークもきっと喜ぶぞ』

例によって、ドキドキしながら朝ご飯を運ぶ。

「おはよう、メルフィー」

「おはようございます、ルーク様」

ルーク様はもう席に着いていた。

衣服もキッチリ整っている。

いつ見てもちゃんとしてるなぁ。

だけど、頭の横にピコッと髪の毛が跳ねていた。

「ルーク様、お寝ぐせがあります」

「な、なに⁉　確認したはずなのに！」

「お待ちください。今、私が直しますので」

「直さなくていい！」

しかしルーク様は、乱暴に寝ぐせを直してしまった。

手ぐしでグシャグシャしたので、余計ひどくなった気が……。

「ルーク様、素敵な髪が……」

「これでいいんだ！　ゴ、ゴホン！　さあ、朝ご飯はできているのかね？」

「ええ、できてます。〝朝から爽快もぎたてレモンのフレンチトースト〟でございます」

ルーク様の前に、パンやサラダなど出来たてのお料理を並べる。

フレンチトーストからは、レモンの爽やかな香りが漂う。

ルーク様はゴクッと唾を飲んだ。

「なかなか素晴らしいじゃないか」

「お野菜もご用意しました。〝林檎とナッツの爽やかサラダ〟です」

「さすがはメルフィーだ」

ルーク様は機嫌が良さそうだった。

「では、いただくか」

「いただきます」

ルーク様はフレンチトーストを口に運んでいく。

「ど、どうですか、ルーク様？」

「うむ……美味い……」

美味いと言われ、ホッとする。

久しぶり（もしかして、初めて？）に食べた朝ご飯が、まずかったらどうしようと思っていたのだ。

「良かったです、ルーク様」

「初めて食べるような味わいだ。表面はサクサクで中はふんわりしている」

「フライパンで蒸し焼きにしたので、上手《うま》く焼けたのだと思います」

ルーク様がフレンチトーストをナイフで切るたびに、サクッと音がする。

心地いいなぁ。

ルフェードさんにも言ったけど、料理は五感で楽しむものだ。

私は見た目や、食べるときの音にもこだわりたい。

「食べていて思ったが、朝はパンなどの軽い食事の方が良い」

「手軽に食べられるように、フレンチトーストにしてみました」

「朝から肉や魚など食べる気にはならないからな。フレンチトーストは、なかなか良いチョイスだ」

そう言うと、ルーク様はパクパクと食べていく。

相変わらず、ナイフやフォークの手さばきがとても美しい。

「ルーク様はとてもキレイにお食事をなさいますね」

「そうか？　気にしたことはないが」

私もキレイに食べられるようにしなくちゃ。

お屋敷にある本とか読んで、マナーをもっと勉強しよう。

「ところで、このレモンはあまり酸っぱくないな。食べやすい。どういう味つけをしたんだ？」

ルーク様はいつも、ある程度食べてから質問してくる。

「はちみつに漬けて酸味を抑えました。そのままだとさすがに酸っぱすぎますから。そしてそのレモンは、ルフェードさんが採ってきてくれた物です」

「なるほど、はちみつと合わせたのか……ただの砂糖漬けより、ずっといいな」

「気に入っていただけてよかったです」

美味いとは言ってくれたけど、ルーク様は無表情で食べている。

いつか笑顔を見せてくれるのだろうか。

いや、自然に笑ってしまうようなお料理を作るんだ。

静かに決心する。

「どうした、メルフィー？」

「い、いえ、何でもありません！」

ぼんやり眺めすぎたみたいだ。

慌ててフレンチトーストを食べる。

くぅう、おいしい。

自分で言うのもなんだけど、今回もおいしくできた。

レモンのほどよい酸味が口の中をリフレッシュさせる。

フレンチトーストは表面がサクサクで、中はふんわりしていた。

これも思ったとおりだ。

「サラダは、ナッツがカリカリして美味いな。林檎もシャリシャリしていて食感が素晴らしい」

「アーモンドやクルミを細かく砕いてサラダに混ぜてあります。ナッツは栄養価が高いので、お肉などの代わりになるんです。林檎も体に良い成分がたっぷり詰まっていますよ」

「ほぅ、そんなに良いのか。チーズもまた美味い」

私も林檎とナッツのサラダを食べる。

薄くスライスした林檎がシャクシャクしておいしかった。

はちみつレモンとはまた違った甘さがある。

「林檎と一緒に食べるレタスも、また美味いな」

「野菜だけだと飽きてしまうかと思いまして、林檎と合わせました」

やっぱり、果物と野菜の相性はバッチリね。

また今度、違う組み合わせで試してみよう。

「ふぅ、美味かった」

「ごちそうさまでした」

ルーク様はいつものように全部召し上がってくれた。

空っぽになったお皿を見るととても嬉しくなる。

「これなら、一日元気に過ごせそうだ。エネルギーが満たされたような感じがする」

「朝から果物や野菜をお食べになったからだと思います」

ルーク様はかなり満足そうな顔をしている。

あとでルフェードさんにもお礼を言わないとね。

森で採ってきてくれたレモンがあったから、この料理はできたんだ。

「さて、そろそろ仕事に行くか」

「お見送りします、ルーク様」

私たちは門まで歩いていく。

すると門の手前で、ルーク様は立ち止まった。

とても真剣な顔をしている。

どうしたんだろう？

「メルフィー……」

「はい、何でしょうか？」

「これからも毎日朝ご飯を作ってくれ。まぁ、君の負担がない範囲でだが」

それを聞いたとき、喜びがこみ上げてきた。

もちろん、答えは決まっている。

「はい！　毎日、お作りします！」

「では、行ってくる」

「行ってらっしゃいませ、ルーク様！」

そして、ルーク様は門から出ていった。

頑張って作って本当に良かった。

あとで残ったレモンの使い道も考えないとね。

お屋敷に戻ろうとすると、ルフェードさんと出会った。

『残り物はあるかぁ、メルフィー？』

食事が終わったあと、ルフェードさんはいつもコッソリやってくる。

余ったご飯を貰《もら》いに来るのだ。

「ルフェードさんの分もちゃんと作ってありますよ」

私が渡すと、ルフェードさんは嬉しそうに食べ始めた。

「レモンを採ってきてくれて本当にありがとうございました。あのレモンのおかげで、おいしい朝ご飯ができました」

ルフェードさんに丁寧にお礼を言った。

『いや、俺はお礼を言われるようなことは何もしていないよ。朝ご飯だって、作ったのはメルフィーだ』

「まぁ、それはそうですが」

『それにしても、ルークのヤツが毎日朝ご飯を食べるなんて言うとはなぁ。やっぱりメルフィーが来てから、あいつは確実に変わりつつあるぞ』

「私はルーク様が健康でいてくだされば、それでいいです」

ルーク様は私の恩人だ。

いつまでも元気でいてほしい。

『メルフィー、いつまでもこの屋敷にいてくれよな』

「ええ、私もずっとここにいたいです」

『きっと、ルークもそう思っているさ』

「そうでしょうか」

『そうに決まっている。なんだかんだ、あいつもメルフィーを大事に思っているさ』

え、ルーク様が？

と、思って門の方を見ると、遠くにルーク様の後ろ姿が見えた。

これからも頑張らなくちゃ。
新たに気持ちを入れ直した。

【第五章：～トマトライスのふんわり卵包みと小さなエビフライのお弁当～】

「ルーク様、おいしいですか？」

「うむ、相変わらず美味《うま》いな」

あれから、私は朝ご飯もご一緒するようになった。

レモンのフレンチトーストは大変気に入られたみたいで、今朝《けさ》もそれをお出しした。

お屋敷《やしき》に来たときより、ルーク様とお話しできる時間が増えている。

お食事を出すたびおいしいって言ってくれるし。

些細《ささい》なことだけど素直に嬉《うれ》しかった。

「最後にお茶をご用意しますね。ドクダミ茶がよろしいですか？」

「ああ、頼む」

すっかり定番となったドクダミ茶をお出しする。

ルーク様はとてもおいしそうに飲んでいた。

私も一緒に飲む。

すっきりして気持ちが落ち着く。

「ふむ……やれやれ……」

「どうかされましたか、ルーク様？」

「いや……まぁ、なんだ」

さっきから、ルーク様は何かを話したそうだ。

でも、何を話したいのだろう？

も、もしかして、お料理を失敗しちゃったのかしら？

私は不安になる。

「何かお口に合いませんでしたか？」

「いや、そうではない。ただ、今日も魔法省に行くんだな、と思ってな」

魔法省はルーク様の職場だ。

だけど、魔法に疎《うと》い私は入るのがとても難しいところとしか知らない。

ふと廊下を見るとエルダさんがいた。

しきりに、何かの合図を送ってきている。

口パクで一生懸命しゃべっていた。

お仕事の話を聞くの！　と言っているようだ。

「あの、ルーク様はどんなお仕事をされているんですか？」

そういえば、私はルーク様のことをよく知らなかった。

氷魔法が得意なことくらいしか聞いていない。

「私は魔法省の新魔法開発部、というところで働いている」

「なんだか難しそうな名前ですね」

「別に難しくも何ともない。名前のとおり、新しい魔法を開発しているだけだ」

ルーク様はさらりと言った。

新魔法の開発なんて、誰でもできることじゃない気がするんですが。

「私もいつかルーク様の魔法を見てみたいです」

「そんなものいつでも見せられるが……。そうだ、今日はまだ時間があるから少し見せよう。庭に来なさい」

「あっ、ルーク様」

引きずられるようにルーク様に連れられ、お庭へ出た。

「このあたりでいいだろう」

「どんな魔法を使ってくださるんですか？」

「なに、大した魔法ではないがな。見る分には美しい」

「それはどういう意味で……」

「見てればわかる。《アイス・ベール》」

ルーク様が呪文を唱えると、あたりを氷の粒が舞い始めた。

「え、す、すごい！　ルーク様は杖《つえ》なしで魔法が使えるんですか？」

とても驚いた。

普通は杖がないと魔法なんて使えないのに。

「これくらいなら問題なく使える」

そのうち、氷が固まり始めた。

少しずつ何かの形になっているようだ。

「ルーク様、なんだか氷の様子がおかしいです」

「大丈夫だ。安心して見ていなさい」

やがて氷の塊は、かわいい妖精になった。

私たちの周りをふわふわ飛んでいる。

「ルーク様！　氷の妖精です！　こんなの初めて見ました！」

「いつもメルフィーには頑張ってもらっているからな。ちょっとしたお礼といったところだ」

「ルーク様……」

嬉しくて涙が出そうになった。

氷の妖精たちは、私の周りに粉雪を降らせてくれる。

キラキラ輝いていて、とても美しい。

私の頬を何かが流れたけど、きっと雪だ。

「さて、そろそろ終わりにするか」

ひとしきり遊ぶと、氷の妖精たちは消えていった。

「私の魔法というと、こんな感じだ。もちろん、もっと攻撃的な魔法もたくさんある」

「ルーク様、ありがとうございました。とても……とても楽しかったです。こんなにキレイな魔法を見たことは今までありません」

感動してルーク様を見る。

いくら感謝してもしきれないくらいだった。

「いつもいつも、こういうことばかりしているわけでないからな。決して違うからな、絶対に」

ルーク様から念を押すように強く言われた。

かなり強く。

「こんなにすごい魔法が使えるなんて羨ましいです」

「羨ましい？　どうしてだ」

「いえ、私は大した魔法が使えませんから」

「別に魔法が得意だからといって何もないぞ。魔物の軍勢を一掃して、公爵の爵位を賜るくらいだ」

いや、それは十分すごすぎると思うのですが……。

「そういえば、ルーク様。お昼はいつもどうされているのですか？」

魔法省には食堂とかあるのかしら？

もしかしたら、ルーク様の好物が聞けるかもしれない。

「昼は食べていない」

「食べられていないいんですか？　でも、ご飯を食べないとお体に悪いです」

「なかなか時間が取れなくてな。食堂は料理が出てくるまで結構待つんだ」

そっか、ルーク様はお忙しいいんだ。

でも、私はルーク様の健康が心配になった。

朝ご飯を食べてから、夜までずっと何も食べていないってことだ。

ご飯を食べるのは、健康に一番大事なことだと思っている。

でも、私が魔法省に作りに行くわけにもいかないし……。

そのとき、あることを思いついた。

「ルーク様、私がお弁当を作るというのはどうですか？」

「弁当？」

「お昼休みのときに持っていけば、料理を待つ時間もありませんから。それに、今日の素晴らしい魔法のお礼がしたいです」

「いや、別にいい」

「ぜひ、私に作らせてください。お腹が空いてルーク様が倒れたら心配です」

「私はそんなにひ弱に見えるか？」

ルーク様にギロリと睨《にら》まれた。

「い、いえ、違います！　ひ弱に見えません！　申し訳ありません！」

慌てて謝る。

失礼なことを言ってしまった、反省しないと。

「フッ、冗談だ」

ルーク様はかすかに笑っている。

じょ、冗談か……良かった。

ホッと一息つく。

「何か食べたい物はありますか？」

「苦手な食べ物はない」

だけど、やっぱりまだ食べたい物は教えてくれなかった。

でも、「何でもいい」よりかはいいか。

「じゃあ、おいしいお弁当を作りますね。楽しみにしていてください。元気が出るようなお料理を作ります」

「君は優しいな……」

ルーク様はボソッと何かを呟《つぶや》いた。

「え？　なんですか？」

「いや、何でもない。私はもう仕事に行く」

そう言うと、ルーク様はお屋敷から出ていった。

「行ってらっしゃいませ、ルーク様」

グッと気合いを入れる。

「さっそく、お弁当のレシピを考えなくちゃ！」

キッチンに向かって走り出した。

「どんなお弁当にしようかなぁ？」

今回も、私はキッチンで考えていた。

お弁当は普通の料理とは違う。

開けるまで中身がわからないから、見るまでの楽しみがある。

「おいしいのはもちろんだけど、開けたときに気持ちが明るくなるような物がいいな」

となると、彩り豊かなメニューにしたい。

カラフルな方が見て楽しいはずだ。

そして、汁気は少ない方が良《い》いわよね。

運んでるときに零《こぼ》れたりすると困るし。

よし、卵料理にしよう。

お米を卵で包むんだ。

これなら食べやすいし、明るい色をしているから食べるときも気分が上がりそうだ。

「メルフィーさん、今日は何を作るんですか？」

キッチンで準備を始めると、リトル君がやってきた。

「ルーク様にお弁当を作るのよ」

「そうですかぁ、お弁当！　きっと公爵様も喜んでくださいますよ！　それで、どんなメニューですか？」

「お米を卵で包むの。シンプルだけど結構おいしいの」

「いいですねぇ、卵料理」

「じゃあ、始めるわよ」

準備を整えたら、さっそく作り始める。

「まずは、薄焼き卵から焼いていきましょう」

ボウルに卵を落として勢いよくかき混ぜる。

しばらくすると、白身も黄身も均等に混ざった。

フライパンを温めたら火を弱くして、溶かした卵を注《そそ》ぎ入《い》れた。

すぐにさっと回して薄く広げる。

「メルフィーさんはどんな料理も手際《てぎわ》が良いです」

「のんびりしていると固まっちゃうからね」

半熟くらいまで焼けたら、用意しておいた濡《ぬ》れタオルにフライパンを少しだけのせた。

「こうして冷やしながら調理すると、フライパンの温度がちょうど良くなって上手に焼けるの」

「へぇ～」

フライパンをもう一度火にかける。

じゅわーっと、卵が焼ける良い音が響く。

「見てるとお腹が空いてきました」

「ダメよ、ルーク様のお弁当なんだから」

そのまま焼いていると、卵の縁《ふち》がパリパリしてフライパンから浮いてきた。

「とても薄く焼けています」

「そろそろ良さそうだわ」

卵が破けないように、丁寧にお皿にのせる。

これくらい焼けば十分だろう。

「次は中に入れるご飯ね」

お米はさっき準備しておいたので、ほっこり炊きあがっていた。

具材はどうしようかな？

……お肉はソーセージ、お野菜は玉ねぎとピーマンを使いましょう。

「う〜ん、卵でお米を包んだだけだと味気ないわよねぇ」

「そうでしょうか」

「塩味だけなのも物足りないし、色合いがよくない気がするわ」

黄色に白だと、スプーンで切ったとき少々殺風景だ。

しばし考える。

「あっ、そうだ。トマトで味つけしましょう。冷蔵箱にまだ入ってたはずよ」

冷蔵箱を開けてみると、新鮮なトマトと玉ねぎ、ピーマンが入っていた。

さっそく、適当な大きさに切って一緒にグリグリすり潰した。

とろとろになったら、お鍋であっためる。

そのうち、こってりとしたスープみたいになってきた。

味つけは砂糖と塩かな。

ぷくぷく煮詰めたら、トマトの酸っぱい香りが漂う。

「味見をしましょう。リトル君もどうぞ」

「うわぁ、おいしいですよ、メルフィーさん。甘くて酸っぱくて、とても良いですね」

さらに一口飲んでみる。

トマトの爽《さわ》やかな酸味と、ほのかな甘さがおいしい。

とろりとした感じもいいわ。

火から下ろして、お皿に入れて冷ましておく。

「次はご飯の調理ね」

ソーセージは一口サイズ、玉ねぎとピーマンはみじん切りにしていく。

サクサク切る音が心地よい。

「大きさを揃《そろ》えるように切っているんですね。形がとてもキレイです」

「それだけではないわ。こうすると、熱がまんべんなくいきわたるのよ」

「なるほど～」

具材を炒《いた》めていると、玉ねぎがくったりして透明になってきた。

火を弱くしたら、さっき作ったトマトソースを入れる。

「これを先にあっためておくと、トマトの酸っぱさが落ち着くの」

「メルフィーさんは何でも知ってますね」

最後はご飯の出番だ。

温かいご飯を入れて、木べらでシャッシャッと絡めていく。

だんだん赤くなってきて、とてもおいしそうだ。

「ポイントはご飯を潰さないように気をつけることね」

「僕がやるとベチャベチャになりそうです」

こうすれば、食べたときの食感もおいしくなるはずだ。

「最後は一番大事なところね」

トマトライスを卵で包むだけだけど、キレイに包むにはコツがある。

キッチンで手頃な入れ物を探す。

やや小さめの四角い箱があった。

お弁当箱はこれにしよう。

「卵は薄いから、すぐに破れちゃうんじゃないですか？」

「大丈夫よ、良い方法があるわ」

薄い羊皮紙をキッチンの台に敷《し》く。

この前、ルーク様に用意してもらったんだ。

そして、さっき焼いた卵をキレイな方の面が下になるようにしてのせた。

「何してるんですか、メルフィーさん？」

「まぁ、見てて」

トマトライスをのっけたら、お弁当箱に入れて羊皮紙を包み込む。

「これでひっくり返したら……」

「わぁ！　キレイにできましたね！」

羊皮紙を取ると、表面がつるんとした卵包みができた。

「これだけだと寂しいから、もう一品作りましょう」

お肉はソーセージを使ったから、魚介類の方が良いわよね。

冷蔵箱を探してみるとエビがあった。

「おいしそうなエビですねぇ」

「これをフライにしましょう」

殻《から》を外して、頭と一緒に背わたもしっかり取る。

薄めの塩味をつけて卵液に浸《ひた》した。

小麦粉をまぶしたら全体を丸めていく。

「そんなに丸くしちゃうんですか？」

「小さく丸めた方が隙間《すきま》に入れやすいわ」

「たしかに、メルフィーさんの言うとおりです」

そのまま、油でカラリと揚げる。

お弁当箱の端っこにキュッと詰めた。

「揚げてるから、しっぽまで食べられるわ」

「無駄がなくていいですね」

でも、渡すときルーク様に伝えておいた方がいいかも。

エビのしっぽは食べにくいかもしれないし。

「これでお弁当はできたけど……なんか寂しい気がする」

「僕はこれでもいいと思いますが」

卵の黄色はキレイだけど、何かアクセントが欲しい。

でーん、と主張が激しすぎるような。

「う～ん、どうしよう。そうだ、トマトソースで模様をつけよう」

「いいですね、きっと公爵様も気に入りますよ」

それでは、と言ったところで困ってしまった。

どんな模様にしよう。

お弁当箱は小さいとはいえ、卵が結構なスペースをとっている。

丸とか四角じゃ素っ気ないよね。

「模様で悩んでいるんなら、ちょうどいいマークがあります。公爵様はハートマークがお好きなんですよ」

「へぇ～、ハートマークかぁ」

意外にもかわいいものがお好きなのかな？

もしかしたら、魔法学的に意味があるのかもしれない。

そうと決まったら、さっそくつけよう。

「小さいよりは大きい方が良い」というリトル君の助言で、でかでかとハートマークをつけた。

これで完成だ。

卵で包んだトマトライス。

シンプルな料理だけど相性は抜群だ。

「ルーク様は喜んでくれるかな？」

「きっと、とても喜んでくださいますよ。ウフフ」

ルーク様のお弁当を大事に包んだ。

「じゃあ、ルーク様のところに行ってきます」

『ちょっと待て、俺が送ってやるぞ。乗っていけよ』

お屋敷を出ていこうとしたら、ルフェードさんに呼び止められた。

「わぁ、嬉しいです。ありがとうございます、ルフェードさん。でも、ゆっくりめでお願いできますか？　お弁当が揺れてしまうとよくないですから」

『わかってるって。ほら、さっさと背中に乗れ』

ルフェードさんに送ってもらって、あっという間に魔法省へ着いた。

お城みたいに大きくて威厳のある建物だ。

なんか……ちょっと怖いかも。

雰囲気に気圧《けお》され緊張してきた。

「ここがルーク様の職場……」

『超優秀なヤツしか入れない場所だ。国中のエリートが集まっているぞ』

「やっぱり、ルーク様はすごいんですね」

『入省試験もトップだったと聞いた。あんなんでも、あいつは天才なんだって』

「へぇ、すごいなぁ」

天才と聞いて、なんだか私まで誇らしくなってきた。

『ここから先、俺は行けないからな。一人で行ってこい。道に迷うんじゃないぞ』

「ありがとうございます、ルフェードさん。ちょっと待っててくださいね」

ドキドキしながら魔法省に入っていく。

中はとっても広くて、見たこともない魔道具がたくさんあった。

ルーク様はこんなところで働いているんだ。

当たり前だけど、歩いている人は魔法使いばかりだった。

魔法があまり使えない私とはオーラが全然違う。

私なんかがいて場違いじゃないかな？

ちょっと不安になったけど受付に行く。

愛想のよさそうな女性がカウンターに座っていた。

「すみません、新魔法開発部はどちらですか？」

「こんにちは。ご用はなんでしょうか？」

「私はメルフィー・ランバートと申します。ルーク・メルシレス公爵に、お弁当を届けに来たのですが」

そう言うと、受付の人は固まった。

「あの、どうされたんですか？」

「聞き間違いかもしれませんが……メルシレス公爵に……お弁当を……届けに？」

「はい、お弁当です！」

「そ、そうですか……まさか、あなたがお弁当なんじゃ……」

「え、なんですか？」

なぜか受付の人は、哀れむような悲しむような顔をしている。

「い、いや、なんでもないわ。新魔法開発部はあちらです」

そう言うと、廊下の奥の方を指さした。

だけど、指先がプルプル震えている。

「ありがとうございました。失礼します」

「え、ええ……気をつけてね」

何に気をつけるんだろう？

と思ったけど、場所を教えてもらえてよかった。

少し歩くと、新魔法開発部に着いた。

カウンターの上にそう書いてあったから間違いない。

「あの、すみません。ちょっとよろしいですか？」

「あら、こんにちは。何か用かしら？」

眼鏡をかけたキレイな女の人がやってきた。

奥の方には魔法使いたちがズラリと座っている。

みんな私を見ると笑顔で挨拶してくれた。

「どうしたの、お嬢さん。なにか用でもあるの？」

「何でも言ってね」

「誰かを呼びに来たのかな？」

そ、そうだ、私もちゃんと挨拶しないと。

「こ、こんにちは！　私はメルフィー・ランバートと言います！　ルーク様と専属契約を結んでもらってます！」

——ざわっ！

大きな声で挨拶した。

ルーク様の職場なんだもの、ちゃんと挨拶しておかないとね。

「ね、ねえ、専属契約って……なに……？」

「あんなに若くてかわいい子を、冷酷様が……」

「意外と手が早い方なのね……しかも、契約……」

みなさんは何か言っていたけど、ざわざわしていてよく聞こえなかった。

「どうした、騒がしいぞ」

「「れ、冷酷……ゴホン、メルシレス様⁉︎」」

奥の方からルーク様が出てきた。

途端にお部屋の中は静かになる。

やっぱり、ルーク様は結構偉い方なのね。

私は大きく手を振って合図した。

「ルーク様、お弁当を持ってきました！」

「メ、メルフィー⁉︎　こら、手を振ったりするんじゃない！」

「ルーク様の疲れが癒《いや》されるように一生懸命作りました。今日のメニューは〝トマトライスのふんわり卵包みと小さなエビフライのお弁当〟です」

「わ、わかったから静かにしなさい！」

——ざわっ！

「あの子と冷酷様って、どんな関係なの？」

「専属契約……って言ってたよな？」

「だから、専属契約ってなによ」

お部屋の中はまたザワザワし始めた。

でも、みなさんは何を話しているんだろう？

小声で話しているのでよく聞こえなかった。

そして、なぜかルーク様はとても慌てている。

おまけに、顔も真《ま》っ赤《か》だ。

「メ、メルフィー！　弁当を置いて早く帰りなさい！」

「はい、わかりました。でも、ちょっといいですか？」

「なんだ！」

「エビフライが入っているんですけど、しっぽまで食べられます。でも、硬かったら無理して食べないでください。口の中を怪我《けが》したら大変ですから」

「そ、そういうことは言わなくていい！　ほら、早く出ていくんだ！」

「あっ、ちょっと、ルーク様！」

「「あの二人の関係はいったい……」」

追い出されるようにして私は外に出た。

お弁当は渡せたけど、ちょっと残念だった。

もっとお話しできるかと思ったのに……。

そのまま、ルフェードさんのところに行く。

「ルフェードさん、お待たせしました」

『無事に弁当は渡せたか？』

「はい、ルーク様も喜んでくれたと思うんですけど……」

『ですけど、なんだ？』

「なんであんなに慌てていたんだろう？」

いつものルーク様となんだか様子が違った。

ルフェードさんもなんだか意味ありげにニヤニヤしている。

『まぁ、アイツも遅い春がやってきたってことだ』

「どういう意味ですか？」

『そのうちわかるよ。さあ、屋敷に帰るぞ』

□□□

ルーク様が帰ってきて、私はさっそくお弁当のことを聞いた。

「ルーク様、お弁当はどうでしたか？　お口に合いましたか？」

「う、うむ……美味かったのだが……」

「美味かったのだが……何でしょうか？」

ルーク様は硬い顔をしている。

問題があったのかとドキドキする。

も、もしかして、なにか失敗した……⁉

エビのしっぽが硬かったのかしら⁉　それとも卵がお嫌いだった⁉

でも、嫌いな物はないって言ってたし……。

必死に料理の手順を思い出す。

トマトライスの味つけが……いや、卵の薄さが……。

「う……む……」

しかし、ルーク様はなかなかそれ以上言ってこない。

何か言いかけては、また口をつぐんでしまう。

その様子を見てさらに緊張してくる。

知らないうちに、とんでもない失敗をしてしまったのだろうか……。

冷や汗をかいていると、ルーク様がボソッと言ってきた。


「ハートマークは、もうつけなくていい……」


ハートマーク？　なんでだろう？

私にはその理由がよくわからなかった。

「え？　ど、どうしてですか？」

「どうしてもだ！」

その後、毎日ルーク様にお弁当を届けることになった。

だけど、ハートマークは彩りが気に入ったので、卵包みの日はずっとつけることにした。

【第六章：～濃厚トマトのお夜食リゾットと心安らぐサツマイモのホットミルク～】

「ふぅ、美味《うま》かった」

「お皿を下げますね、ルーク様」

今日のお夕食も無事に終わった。

しかし……。

ルーク様の顔をじっくりと見る。

「どうした、メルフィー。私の顔に何かついているか？」

「ルーク様、目の下にクマが……」

「ああ、そのことか」

ルーク様はゴシゴシと目を擦《こす》っている。

そういえば、お食事中もとても眠そうだった。

「昨日も徹夜だったんですか？」

「ちょっとばかり難しい案件があってな」

「私は申し上げられる立場ではないですが、少しだけでもお休みになられた方が良《い》いかと……」

「なに、大丈夫だ」

ここのところ、私には心配なことがあった。

ルーク様が夜遅くまで、ずっとお仕事をされているのだ。

大丈夫と言っていたけど、日の下のクマが疲労を物語っていた。

「魔法省のお仕事がお忙しいんですか？」

「最近、案件が溜《た》まっていてな。少々忙しいのだ」

この調子だと今夜も遅いのだろう。

もちろん、お仕事だからしょうがない。

だけど、ルーク様が倒れてしまったらどうしよう。

ルーク様にはとにかく健康でいてほしかった。

「少し外の空気を吸ってくる」

そう言うと、ルーク様はお庭に出ていった。

すぅはぁと深呼吸をしている。

遠目でも疲れているのがわかった。

『おーい、メルフィー』

そのとき、お庭の奥からルフェードさんがやってきた。

「こんばんは」

『ルークのヤツ、あそこで何やってんだ？』

ルフェードさんはルーク様を見て言った。

「お仕事が大変らしくてお疲れのようなんです」

『そうだったのか。まぁ、新魔法開発部はただでさえ忙しいみたいだからな。ルークにしかできない案件もあるだろうし』

「昨日も徹夜って言ってました」

『そりゃ疲れるわけだ』

「私もルーク様のお役に立ちたいんです。でも、私には魔法省の仕事は手伝えないし」

私は魔法のことをあまりよく知らない。

それどころか、簡単な魔法さえ上手《うま》くできるかわからないくらいだ。

『昔からアイツは頑張りすぎるところがあるんだ。メルフィーの言うように、もう少し休んでもいいとは思うが』

「せめて、私も魔法に詳しかったら良かったのに……」

ルーク様の役に立てないもどかしさが恨めしかった。

『アイツにとって、メルフィーはいてくれるだけでいいんじゃないか？』

「何かできることがないか聞いてみます」

『あっ、メルフィー！』

私もお庭に出ていく。

「ルーク様、私にお手伝いできることはありませんか？」

「お手伝いできること？　どうした、急に」

「いえ、ルーク様のお役に立てたらと思いまして……」

「ふむ、そういうことか」

ルーク様は顎に手を当てて、しばし考えている。

「大丈夫だ。気持ちだけいただいておこう。君は料理を作ってくれればそれでいい」

だけど、そう言われただけだった。

料理を作ってくれれば……。

そうだ、と私は良いことを思いついた。

「ルーク様、お夜食でもご用意しますか？」

夜食と聞いて、ルーク様はピクッとした。

「ほぅ……夜食か」

「もしかしたら、夜はお腹《なか》が空いているかと思いまして。夕ご飯とは別に、何かお作りしますか？」

ルーク様は虚空を見つめて、何かを考えている。

「ふむ……それは良い案だ」

「ご飯を食べると元気も出ますし、気持ちもリフレッシュできると思います」

私は魔法省のお仕事は手伝えないけど、お料理なら作れる。

少しでも、ルーク様の役に立ちたかった。

おいしい食事をご用意するんだ。

「そうだな。では、頼むとするか」

「ルーク様、どんな物がよろしいですか？　何か食べたい物があったら教えてください。どんなものでもお作りします」

「何でもいい」

そうか、また何でもいいか……。

わかってはいたけど、ちょっぴり寂しくなった。

相変わらず、ルーク様は食べたい物を教えてくださらない。

たぶん、好きな物がないわけではないと思うのだけど。

「わかりました。では、なるべく食べやすい物をご用意しますね」

「念のため言っておくが。何でもいいとは、〝君が作る物なら何でもいい〟という意味だからな」

ルーク様はそっぽを向きながら、ぞんざいな口調で言ってきた。

そのお言葉を聞いて嬉《うれ》しくなる。

「そんな風に言ってくださるなんて……恐縮してしまいます」

「料理ができたら私の書斎に持ってきてくれ。ノックして返事がなかったら、勝手に部屋に入って置いていって構わない。もしかしたら、席を外しているかもしれんからな」

「わかりました。出来上がったらお持ちしますね」

そして、ルーク様は書斎に行ってしまわれた。

私はレシピを考えながらお屋敷《やしき》に戻る。

『どうだった、メルフィー？　アイツの仕事を何か手伝うのか？』

「いいえ、お仕事の手伝いではなく、お夜食を作ることになりました」

『そうか、それは良かったじゃないか。メルフィーの料理を食べたら、徹夜なんていくらでもできるさ』

パン！　と顔を叩《たた》いて気合いを入れた。

お夜食か……。

心がホッとするような、おいしいご飯を作りたい。

私はキッチンに急いだ。

「お夜食だから、軽い料理の方がいいわね」

夕ご飯はもうお食べになったから、小腹を満たすくらいがちょうどいいだろう。

なおかつ、満腹感のあるお料理。

まずは食材を探してみましょう。

たしかトマトが残っていたはず。

冷蔵箱を見ると、真《ま》っ赤《か》なトマトがいくつか入っていた。

ジッと眺《なが》める。

何か良いレシピが浮かびそうな……。

「そうだ、トマトリゾットを作りましょう」

リゾットならご飯がクタクタだから、胃もたれしないだろう。

それに、トマトの酸味でリフレッシュできる。

そうと決まったら、さっそく準備ね。

玉ねぎとにんにくも一緒に入れましょう。

お米を研いだら玉ねぎを細かく刻んでいく。

このとき、にんにくも一緒に刻んでしまう。

トマトも細かく切ったら、下準備はおしまい。

フライパンを火にかけて……とそこで、誰かがキッチンにやってきた。

「メルフィー、こんな遅くに何をしてるんだい？」

ミケットさんが目を擦りながら入ってきた。

「あっ、すみません。起こしてしまいましたか？」

「いや、ちょっと喉が渇いちゃってね。目が覚めたのさ……って、ずいぶんとおいしそうな物を作っているねぇ」

「ルーク様のお夜食にトマトリゾットを作っているんです」

「いいじゃないか。最近、公爵様は夜が遅いみたいだからね。お腹を空かせているだろうよ」

玉ねぎとにんにくをじゅわーっと油で炒《いた》めていく。

にんにくのかぐわしい香りがしてきた。

香りづけができたところで、研いでおいたお米を加える。

やがて、お米が透き通ってきた。

そろそろ頃合いなので、切ったトマトも入れる。

焦《こ》げないように注意して、軽く混ぜてと。

お水を入れてコトコト煮ていく。

「良い匂いがしてきたね、メルフィー。食欲が刺激されるよ。そろそろ出来上がりかい？」

「あとは火を強くして煮詰めていきます。とろりとしてきたらおしまいですね」

最後に、塩コショウを少し振ったら完成だ。

真っ赤なリゾットから、ホカホカと温かい湯気が上っている。

「とってもおいしそうじゃないか。見てたらお腹が空いてきちゃったよ」

一口食べてみる。

はぁ……おいしい。

お米は柔らかくて、野菜のうまみを吸い込んでいる。

トマトはほんのり酸っぱくて、滑らかな舌触りも最高だった。

うん、これならいける。

「アタイもちょっと食べてみたいな」

「ミケットさんも味見しますか？」

私はトマトリゾットを少し差し出した。

「いいのかい、メルフィー。じゃあ、いただきま……いや、でも、ダイエットしないと。そうよ。食べたいけど我慢しなさい、ミケット。これ以上太ったら、どうしようもないって」

ミケットさんは手を伸ばそうとしては、引っ込めていた。

そういえば、ダイエット中とか何とか言ってたっけ。

「軽めの食事ですから、食べても太らないと思いますよ」

「そうかい⁉　そうだよね！　味見くらいなら大丈夫よね！」

そう言うと、ミケットさんはリゾットを一口食べた。

すぐさま満面の笑みになる。

「おいしいねぇ、メルフィー。頬《ほ》っぺたが落ちそうだよ」

よし、これでメインはできたわね。

できれば、もう一品作りたい。

「う～ん、飲み物も作ろうかな。リゾットだけだと寂しいし」

「どんなものがいいかねぇ」

「このリゾットはさっぱり系だから、飲み物は少し甘くしようと思います」

味の変化があった方がルーク様も楽しめるだろう。

お夜食はあまり多くの種類は作れないからこそ、こういうところで楽しんでいただきたい。

「どんなのを作るんだい？」

「これを使います」

冷蔵箱からサツマイモを取り出した。

ミケットさんは驚いた顔をしている。

「サツマイモで飲み物？　全然想像がつかないよ」

「ホットミルクを作ります。お芋の甘さを活《い》かすんです」

サツマイモを潰して温かいミルクに混ぜれば、おいしい飲み物になる。

スープみたいだし、ルーク様のお腹も満たされるだろう。

「ホットミルクかぁ。思い浮かべるだけでおいしそうだね」

「素材の味を十分に生かしていきます」

サツマイモを輪切りにしたら、茹《ゆ》でて柔らかくする。

フォークの背で潰すと、ホクホクと崩れてきた。

裏ごしして滑らかにしましょう。

それにミルクを入れてお鍋で温めていく。

ヘラでかき混ぜていくうちに、だんだんスープみたいになってきた。

サツマイモのかぐわしい香りが湧き立つ。

「サツマイモは匂いも甘いね」

「砂糖なんていらないくらい甘いと思います」

すりおろした生姜《しょうが》もお鍋に少し加えた。

「生姜も一緒に入れるのかい？」

「ピリリとした辛《から》さが、アクセントになってくれるはずです。生姜には体を温める効果もありますから」

夜は冷えるから、風邪をひいてしまうとよくない。

ミルクが温まったところでコクンと一口飲む。

……甘くておいしい。

サツマイモの味がしっかり出ていて、まるで丸ごと食べているみたいだ。

思ったとおり、生姜の辛さが良いアクセントになっていた。

サツマイモの甘さのあとに、ピリッとした辛みが出てくる。

飲み物だけどとても満足感があった。

「ミケットさんも少し飲んでみますか？」

「これはおいしい……おいしいよ、メルフィー。アタイはこんなにおいしいホットミルクなんて、初めて飲んだね」

だんだん、私の体がポカポカしてきた。

一口飲んだだけなのにすごい効果だ。

これなら、体が温まること間違いなしだ。

「ルーク様もおいしく召し上がってくれたらいいな」

「メルフィーは本当に優しいねぇ。こんなに人を思いやっている人なんて、他に見たことがないよ」

「そうでしょうか。私は自分にできることをやっているだけですが……」

「きっと、メルフィーの優しさが、料理にも溶け込んでいるんだよ」

お盆にトマトリゾットとホットミルクをのせたら、準備完了だ。

「では、ルーク様に届けてきますね」

「公爵様も喜んでくださるさ」


そして、私はルーク様の書斎まで来た。

どうか、喜んでいただけますように。

「ルーク様、お夜食をお持ちしました」

書斎のドアをコッコッと軽く叩く。

だけど、しばらく待ってもお返事がない。

今はいないのかな？

そういえば、部屋に置いておくようにと、おっしゃってたわね。

「ルーク様、失礼します……」

そーっと中に入った。

ルーク様はいないと思ったけど、机の前に座っていた。

いや、ぐったりと突っ伏している。

「ル、ルーク様⁉　どうしたんですか、大丈夫ですか⁉」

慌てて走り寄った。

もしかして、過労で倒れてしまったんじゃ……。

と、思ったら、ゆっくり背中が動いている。

寝ているようだ。

「よ、良かったぁ……」

私はホッとした。

ルーク様に何かあったら、どうしようかと思った。

でも、無理やり起こすのはよくないわよね。

お夜食を置いて、出ていくことにした。

と、そこで、何かが聞こえてきた。

むにゃむにゃと、呟《つぶや》くような声が……。

「メルフィー……いつもすまん……ありがとう」

ルーク様だ。

「……こちらこそ、いつもありがとうございます」

私はルーク様に、ブランケットをかけた。

そのまま、そろりと書斎から出て……。

行こうとしたら、いきなりルーク様がガバッと起きた。

「きゃあっ！　ル、ルーク様⁉」

「メルフィー！　いつからここに！」

「申し訳ありません、ルーク様。ノックしたのですが、お返事がなくて。勝手に入ってしまいました」

「いや、それは構わないんだが、何も聞いていていないな？」

ルーク様はギロリとした目で睨《にら》んでいる。

さっきの寝言は聞いていないことにした。

「は、はい、それはもちろん」

「なら、問題ない」

「せっかく寝ていらしたのに、起こしてしまってすみません」

「いや、別に大丈夫だ」

「では、私は失礼します」

「待ちなさい」

出ていこうとすると、ルーク様に呼び止められた。

「君も一緒にいなさい。ちょうど、そこにイスがある」

「ですが、お仕事の邪魔に……」

「座りなさい」

「はい」

お部屋のイスに座った。

ルーク様の真正面だ。

周りは大きな本棚にズラリと囲まれている。

「難しそうな本がいっぱいありますね」

「別に難しくも何ともない。一度読めばすぐにわかるくらいの内容しか書いていない」

ルーク様は相変わらず、すました顔で話す。

それはとてもすごいことだと思うのですが。

あっ、そうだ。

お夜食を召し上がっていただかないと。

「ルーク様、こちらをご用意しました。〝濃厚トマトのお夜食リゾット〟です」

「ほぅ、リゾットか。これは楽しみだ」

ルーク様はふうふうして、リゾットを冷ましている。

氷魔法で冷やすのかと思ったら、そんなことはなかった。

そして、パクッと食べた。

「米に味が浸《し》み込《こ》んでいて美味い。トマトが爽《さわ》やかだな」

「もう夜遅いので、さっぱりした物の方が良いと思いました」

「君はいつもそういうところまで考えてくれるな」

「お料理は食べてくれる人が一番大切ですから」

「そうか……そうだな」

ルーク様はあっという間に、トマトリゾットを食べてしまった。

「ルーク様、お飲み物もあります。〝心安らぐサツマイモのホットミルク〟です」

サツマイモのホットミルクをお渡しする。

こちらもホカホカと湯気が立っていた。

「飲み物まで作ってくれたのか。ただの水でも良かったのだが」

「せっかくですので、どうぞ」

ルーク様は一口飲むと、ふぅっとため息をついた。

「これはイモだけで味つけしたのか？」

「はい。サツマイモをすり潰して、ミルクと混ぜました。素材の味が十分出ていると思います」

「私は砂糖の甘さより、こういう方が好きかもしれん」

あっ、これは。

ルーク様の好みがチラッと出てきた。

急いで心の中でメモする。

また何か作るとき参考にしましょう。

ルーク様はふうふうしながら、ホットミルクを飲んでいる。

「ちょっと辛い味がするな。何が入っているんだ？」

「すりおろした生姜を加えました。甘いだけだと後味が残りすぎると思いましたので。どうでしょうか？」

「なるほど、生姜か。これはほどよい辛さだ」

ルーク様も喜んでいるようでよかったな。

「あと生姜には体を温める効果もあります」

「体が温かいと思ったが、そうだったのか」

「はい、ルーク様が風邪をひいてしまうとよくないので」

特に最近は夜が冷える。

私は少しでもルーク様の健康を守りたかった。

「心配してくれなくとも、この部屋は魔法で温度が保たれている」

「え？　た、たしかに……」

言われてみれば、暖炉もつけていないのに書斎は暖かい。

そっか、ルーク様は色んな魔法が使えるんだ。

「すみません、余計な気遣いでしたね」

「別に余計ではない。君はそのままでいい」

ルーク様は話しながらも、サツマイモのホットミルクを飲んでいる。

とても大事そうに。

「気持ちが落ち着くな……温かい」

「はい、温かいお料理の方が良いかと思いまして。熱すぎないですか？」

「いや……」

ルーク様は途中で言葉を止めた。

そして、笑顔で言ってくれた。

「君の心が温かいと言っているのだ」

そのまま、ルーク様は微笑《ほほえ》みを残しながら話を続ける。

「私もこれくらい温かく接しないといけないな」

「いいえ、ルーク様。私にとってはもうとても温かいですよ」

私が言うと、ルーク様はきょとんとした。

かと思うと、勢いよくホットミルクを飲み出した。

「い、今のは忘れてくれ！　疲れていて、よくわからないことを言ったかもしれん！」

「ルーク様、そんなに慌てて飲むと……！」

「うわっ、あつ！」

結局、ルーク様はまた全部召し上がってくれた。

トマトリゾットもホットミルクも、少しも残っていなかった。

思い返すと私がお料理を出してから、一度も残されたことはない。

いつの間にか、それは私の自信になっていた。

「ふぅ、美味かった。君の作る料理はいつも美味くて素晴らしいな」

「ありがとうございます。私もルーク様がおいしそうに食べてくださるのが、とても嬉しいです」

「そろそろ、私は仕事に戻るとするか。君の料理を食べたら元気が溢《あふ》れてきたぞ」

「では、私はこれで失礼いたします」

あまり長居しても迷惑だからね。

空いた食器を持って扉に向かう。

途中、ルーク様に呼び止められた。

「メルフィー」

「はい、なんでしょうか？」

ルーク様は伏し目がちに、だけどはっきりと言った。


「……いつもありがとう」


そう言うと、ルーク様はまた机に向かった。

私は静かに書斎から出る。

そして、ルーク様にいただいた言葉を大事に胸にしまった。

なんだか、私の心まで温かくなったな。

【間章】

「あの、アバリチアお嬢様。体が楽になった気がしないんですが……」

「そ、そのうち良くなりますわよ。きっと、今は治っている途中なのでしょう。はい、次の方いらっしゃって！」

あたくしはこのところ、ずっとランバート家にいた。

〝聖女の力〟のウワサが広まり、庶民まで押しかけるようになってしまったのだ。

貴族ならまだしも、どうして貧乏人なんかの相手をしないといけないのよ。

これはあんたたちなんかが、恩恵を得ていいような力ではないわ。

だけど、無下に扱うと、あたくしの評判が悪くなってしまう。

庶民はウワサをするのが大好きなんだから。

「あの、アバリチアお嬢様。私も見ていただけますでしょうか？」

気がついたら、目の前にまた新しい庶民が来ていた。

貧乏そうな格好で汚いおばあさんだ。

まったく、次から次へと来ないでほしいわ。

少しは休ませてちょうだいな。

「それで、どうしたんでしたっけ？」

「ですから持病が悪化しまして、腰が痛くてしょうがないのです。どうにかしてもらえませんか？」

そんなの医術師にでも見てもらいなさいよ。

この人たちは貧乏だから、それくらいのお金も用意できないの。

迷惑な話だわ。

かと言って、追い返すと後々面倒なことになるし……。

早くシャロー様と結婚して、庶民なんか近寄れない暮らしがしたいわ。

「じゃあ、治しますからね。動いてはダメよ」

魔力を集中すると、あたくしの手が光り出した。

ここまではいつもどおりなのよね。

「こ、これが〝聖女の力〟なんですね！　おお、ありがたやありがたや！」

ふんっ、せいぜいありがたがってなさい。

あんたたちがあたくしの力を貰《もら》えるのも、あと少しよ。

そのまま、おばあさんの腰に手を当てる。

少ししてから手を離した。

「はい、これで終わり。楽になったでしょう」

「あの……アバリチアお嬢様」

しかし、おばあさんは怪訝《けげん》な顔をしている。

あたくしはまたイヤな気持ちになった。

「何かしら？」

「これが〝聖女の力〟なんですか？　ちっとも良くなった気がしないんですが……」

「うるさいわね！　文句あるんならもう二度と見てやらないわよ！」

「ひいいいい、申し訳ありませんっ！」

おばあさんを追い出して、あたくしは急いで部屋に帰る。

と、思ったら、執事が話しかけてきた。

「アバリチア様。まだまだいらっしゃいますが、どうされたのですか？」

「きゅ、休憩よ、休憩！　あの人たちにもそう言ってちょうだい！」

「で、ですが、ずいぶん前からお待ちのようで……」

「お黙りなさい！　さっさと向こうに行って！」

そう言って執事を追い払うと、部屋に鍵をかけた。

「お、おかしい。明らかにおかしいですわ……」

以前なら、簡単に治せたはずの怪我《けが》や病気がまったく癒《いや》せなくなった。

あのおばあさんの持病だって、今までならあっという間に治せたはずなのに。

まるで、〝聖女の力〟が消えてしまったかのよう。

でも……いったいどうして？

「アバリチア！　どこにいるんだい⁉　返事をしておくれ！」

考えごとをしていると、シャロー様が呼ぶ声が聞こえてきた。

もう、うるさいですわね。

せっかく、心を鎮めていたというのに。

そーっと扉を開けた。

「あたくしはここですわ。シャロー様、もう少し静かにしていただけると……」

「とても良い知らせが来たんだよ！　これを読んで、アバリチア！」

シャロー様はとても嬉しそうに手紙を見せてきた。

めんどくさいわね、あとにしてくれないかしら。

「申し訳ありませんが、今忙しいので……」

「まぁ、そう言わずに見てくれよ！」

シャロー様はあたくしの顔の前に、グイッと手紙を突き出してきた。

危ないじゃないの、怪我でもしたらどうするのよ。

見るからに豪華そうだけど、何かしら？

しかし、そのシーリングスタンプを見た瞬間、暗い気持ちが吹っ飛んだ。

……王族の紋章が押されている。

「こ、これは王族の方からのお手紙ですか？」

「そうなんだよ！　姫様が僕の魔法のウワサを聞いたみたいで、ぜひ一度見たいんだってさ！」

ウワサと言ってるけど、シャロー様が自分で宣伝したに違いない。

あたくしだけに見せてればいいのに……。

「それは良かったですわね」

「だから、今度王宮に行ってくるんだ！　姫様に招かれるなんて、これほど名誉なことはないよ！」

あえて冷たく言ったのに、シャロー様は張り切っていた。

この元気な感じは疲れるわ。

こっちはそれどころじゃないのに。

「あの魔力の動物たちはかわいいですから」

「当日も素晴らしい魔法を披露できると思うよ！　最近はちょっと調子が悪いけど……」

「え？　シャロー様。調子が悪いって魔法が使えなくなったのですか？」

シャロー様がボソッと言ったことを、あたくしは聞き逃さなかった。

「いや、違うよ！　そうじゃないんだ！　ちょっと疲れてるだけさ！　しっかり休めば平気だよ！」

「……そうなんですか？」

「ああ！　君も知ってのとおり、僕は魔法の天才だからね！　ハハハハハ！」

なんとなく、シャロー様の言い方は気になる。

だけど、次の瞬間にはあたくしは思い浮かんだ名案で頭がいっぱいになった。

ん？　ちょっと、待って。

もしかして、これは良い機会じゃなくて？

シャロー様にくっついていって、王族の適当な人に乗り換えるのも悪くない。

そう考えると……結構チャンスかも。

「手紙が来てよかったですわね、シャロー様！　あのぅ、一つお願いしてもよろしいですかぁ？」

得意の上目遣《うわめづか》いで、シャロー様をジッと見つめる。

こうすれば、男はみんなあたくしの言いなりになるのだ。

「なんだい、アバリチア。何でも言ってくれたまえ」

「あたくしも一緒に連れていってくださらなぁい？」

「もちろんさ！　手紙には、アバリチアの〝聖女の力〟も見せてほしいって書いてあるよ！」

なんだ、それを先に言いなさいな。

余計な力を使ってしまったじゃないの。

「あたくしもご招待いただけるなんて、とっても嬉しいですわ」

「急いで準備をしないとね！　ああ、楽しみだなぁ！　待ちきれないよ！」

シャロー様もカッコいいけど、所詮は伯爵家だ。

王族の方が遥《はる》かに良い暮らしができるわ。

貧乏な庶民の顔を見ることもないし、キレイなドレスだって着放題だ。

そして、王族は特別な人たちだから、絶対に美男子がいるはずよ。

あたくしは楽しくなってきた。

さっそく、着ていくドレスを用意しないとね。

【第七章：～東の国のスシ～】

「メルフィー。君のおかげで昨夜の仕事も無事に片づいた」

リゾットをお出しした翌日の夜、夕ご飯後にルーク様がお話ししてくださった。

ルーク様は目の下のクマも消えてスッキリした顔をされている。

それを見て私も安心した。

「良かったです、ルーク様。これで夜しっかりと眠れますね」

「あの夜食は本当に元気が出た」

『ルーク、調子はどうだ？　って元気そうじゃないか』

ルーク様と話していると、お庭の方からルフェードさんが走ってきた。

「メルフィーの夜食を食べたら疲れが吹き飛んだのだ。それからは、あっという間に仕事が終わってしまった」

『そうか。お前もメルフィーのおかげで回復したんだな』

「あの夜食がなければ、私は今ごろ書類の山の中だ」

『俺なんか死んでいたかもしれないぞ』

ルーク様とルフェードさんは、私の料理の話で盛り上がっている。

あの料理が一番美味《うま》かった、いやこの前食べたあれが……と、大盛り上がりだ。

そんなに喜んでくれるのは嬉《うれ》しいけれど……。

だんだん、私は恥ずかしくなってしまった。

「私はお食事を作っただけですから、そんなに褒《ほ》められるようなことでは……」

「その料理がすごいと言っているのだ」

『メルフィーの料理は世界一だもんな』

と、そこで、私はハッとした。

明日の仕込みをしておかないと。

「ルーク様、ルフェードさん。明日の準備があるのでそろそろ失礼します」

『そうか。ルークのためにもおいしい料理を作ってくれな』

「待ちなさい」

私がキッチンに行こうとしたら、ルーク様に呼び止められた。

「はい、なんでしょうか？」

「いや……何でもない」

ルーク様がこういう言い方をしてくるときは、絶対に何かある。

何でもなかったら呼び止めないはずだ。

お屋敷《やしき》で一緒に過ごしているうちに、少しずつわかってきた。

「どうぞ、何でもおっしゃってください。私にできることならどんなことでもいたします」

「そ、そうか？」

「そうです」

私が答えると、ルーク様はしばらく黙る。

本当に何でもないのかな？

と思ったら、ウウン！　と咳払《せきばら》いをしてルーク様は話を続けた。

「まぁ、その……なんだ。いつもメニューを考えるのは大変だろう？」

「いいえ、とても楽しいですよ」

これは私の本心だった。

お料理のレシピを考えるのは本当に楽しい。

何より、ルーク様がおいしいと言ってくれるのが、大変なやりがいになっていた。

しかしルーク様は、なんだかモジモジしている。

「明日の夕食なんだが、もうメニューは考えてあるのか？」

いいえ、まだです。

と、答えようとしたとき、私は強いショックを受けた。

そ、そうだ、ルーク様はお夕食を一番に楽しみにされているのだ。

なんという失態だ。

「も、申し訳ありません！　まだ考えておりません！　ただちにメニューを考えます！」

メルフィー、あなたは料理しかできないのに、ボンヤリしているんじゃありません！

私は心の中で自分をしかる。

これからは前日にメニューをお伝えした方が良《い》いわね。

だとすると、一週間分くらい考えておいた方が良いかも……。

「いや、そうではない」

私が必死に謝っていると、ルーク様にそう言われた。

どうやら、私の勘違いらしい。

「と、おっしゃいますと、どういうことでしょうか？」

ルーク様は、しばしの間黙ったかと思うと、とても小さな声で言ってきた。


「私にも食べたい物が……あると……いうわけだ……」


その言葉を聞いてとても興奮してしまった。

これは何が何でも、絶対に聞かなければならない。

私は摑《つか》みかかるような勢いで身を乗り出した。

「ルーク様、それは真《まこと》でございますか⁉」

「うおっ、いきなり近寄るんじゃない！」

ルーク様は驚いているけど、気にしている余裕はない。

「なんですか⁉　ぜひ、教えてください！　何でも作ります！」

「も、もしかしたら、少し難しいかもしれないが……」

「全然問題ありません！　どうぞ、おっしゃってください！　私もルーク様が召し上がりたい物を作りたいです！」

心の中で必死に祈る。

ルーク様、お願い！　食べたい物を教えて！

しばらくの沈黙のあと、ルーク様はボソリと言ってきた。


「新鮮な魚を使った珍しい料理が食べたい……」


それを聞いて、とても嬉しくなった。

とうとう、ルーク様が……食べたい物を言ってくれた……！

私はずっと、このときを待ち望んでいた。

「新鮮なお魚を使った料理ですね！」

「できれば、カルパッチョなどのありきたりではない料理が良いのだが」

「わかりました！　とっておきのお料理をご用意します！　ぜひ、楽しみにしていてください！」

「ありがとう、メルフィー。楽しみに待っているよ。私はまだ仕事があるから、先に失礼する」

「はい、おやすみなさいませ！」

そう言うと、ルーク様は書斎に戻っていった。

私は一人でグッと両手を握る。
『メルフィー』
嬉しくてしょうがなかった。
初めて、ルーク様が食べたい物を言ってくれたんだ。
『だから、メルフィーって。もしかして、聞こえてない？』
よし、さっそく作るぞ！
って、何か声が聞こえるような。
『おーい、メルフィー』
「え？」
そっか、ルフェードさんの声か。
と、そのとき、ルーク様の言葉を思い出した。
なんだか、とても難易度の高そうなことを言っていたような……。
『メルフィー。カルパッチョ以外に新鮮な魚料理ってどんなのがあるんだ？』
「……!?」
「う〜ん、新鮮なお魚かぁ。どうしようかな」
私はなかなかに悩んでいた。
今まで、魚料理を作るときはほとんど火を通していた。

生のお魚をどんな風に調理しよう。

でも、ルーク様が初めて食べたい物を言ってくれたのだ。

どうにかして、ご希望どおりの料理をお出ししたい。

「メルフィーちゃん、何か悩んでいるの？」

キッチンで考え込んでいると、エルダさんがやってきた。

「ルーク様に新鮮で珍しい魚料理を食べたい、って言われたんだけどね。メニューを考えているの」

「それはちょっと難しいね。お魚は焼いたり煮たりが普通だもん」

「できれば、カルパッチョ以外が良いとも言ってたわ」

しばしの間考える。

しかし、なかなか良さそうな料理が思いつかない。

新鮮な魚を使った珍しいお料理か……。

どんなものがあったかな。

懸命に記憶を探る。

「でも、お魚を丸ごと出すわけにはいかないし。ルーク様の大事なお食事なんだから」

生魚をそのままなんて、そんなの料理でも何でもない。

「ルーク様に喜んでいただくには、どうしたら……あー！」

「うわぁ！　び、びっくりしたぁ」

思わず、私は思いっきり叫んでしまった。

記憶の片隅から思い出したのだ。

「昔、何かの本で読んだことがあるの！　新鮮な魚のお料理！　あれはたしか……そう！　ずっと東にある国〝ニポン〟の料理だったわ！」

「ニ、〝ニポン〟……！」

ここから遥《はる》か東に、まったく文化の違う島国〝ニポン〟がある。

〝シノビ〟という、得体の知れない戦闘集団が牛耳っている国だ。

国は黄金で溢《あふ》れかえっていて、地面を掘るとそこらじゅうから熱湯が噴き出るらしい。

「〝ニポン〟には、〝スシ〟というお料理があるのよ！」

「で、でも、そんな聞きなれない国の料理なんて作れるの？」

「大丈夫よ。作り方は……」

本の内容を必死に思い出す。

絵と作り方が書いてあったはず。

そのうち、だんだん記憶が蘇ってきた。

〝スシ〟は魚の切り身をお米にのせた料理だ。

でも、ただのお米じゃなかったような……。

「そうだ、お酢！」

「うわぁっ！」

〝スシ〟はお酢で味つけしたお米を使っていた。

たぶん、生魚をのっけているから、腐らないようにしているんだ。

そして、〝ニポン人〟たち（シノビたち？）は、〝スシ〟を片手で摘まんで食べていた。

それもまるで屋台みたいなところで。

だから、格式高い料理ではなく、庶民にも普及していた食事だったのかもしれない。

「とりあえず、〝スシ〟を一度作ってみましょう」

「そ、そうだね」

でも、何か大事なことを忘れているような気がする。

あっ！　味つけはどうするんだろう？

魚の切り身に酢飯じゃ、さすがに物足りないよね。

そういえば、彼らは謎の黒い液体をつけていたような……。

「醤油《しょうゆ》！」

「きゃっ！　だ、だからびっくりさせないでよ」

そうだ、醤油だ。

大豆を発酵させて作った調味料。

食べたことはないけど、とてもしょっぱいらしい。

東の国の物だから、あのお店に売っているかもしれない。

「ちょっと市場に行ってくる！」

「あっ、メルフィーちゃん！」

私はさっそく、例のお店に行った。

「お嬢ちゃん、いらっしゃい。今日は何が欲しいのかな？」

「あの、すみません。醤油はありますか？」

「あるよ、これだろう？」

お店の人は小瓶《こびん》に入った黒い液体を見せてくれた。

やっぱり、あの本に描いてあったのと同じだ。

「申し訳ありませんが、味見させていただけませんか？」

「いいよ、ちょっと舐《な》めてごらん」

そのまま、醤油を小皿にちょびっと出してくれた。

「ありがとうございます……しょっぱ！」

ちょっと舐めただけなのに、とても塩辛かった。

見た目に似合わず、かなりしょっぱい調味料だ。

しかし、大豆を発酵させて、こんな物を作るなんて……。

さすがは、あの〝ニポン〟だ。

きっと、過酷な環境で生まれた技術を使っているんだろう。

「じゃあ、これください」

「まいどあり～」

ということで、醤油は調達できたけど。

「お米にのっけるお魚はどうしようかな」
たぶんというか絶対、お魚の方が主役だろう。
あの本には色んな種類があった。
きっと、お魚で味とか風味とかのレパートリーを増やす料理なんだ。
マグロ、ヒラメ、アジなどなど、新鮮そうな物を買っておいた。
あと、もう一つ特別な調味料を使っていたような気が……そう、ワサビだ。
たしか、辛い味がするんだよね、どうしようかな……。
今回はやめておこうか、辛すぎるかもしれないし。
お屋敷へ戻る。
「上手《うま》くできるかな……」
歩きながら、ちょっと不安になった。
だけど、ふるふると首を振る。
いや、頑張れメルフィー。
ルーク様においしいお料理を作るんだ。

□□□

「よし、頑張るぞ」

「メルフィーちゃんなら、きっとおいしくできるよ」

まずは、あの本の内容をもう一度思い出す。

最初はご飯の下準備ね。

たしか……〝シャリ〟って書いてあった。

お酢を鍋に入れて、塩と砂糖を加えて温める。

わずかに甘くなるように。

ペロッと味見してみたら、ちょうどよかった。

「うん、いい感じ」

「これでご飯を味つけするんだね」

炊き立てのご飯に特製のお酢をかけて。

固まらないように気をつけながら混ぜ合わせる。

その後、扇子でパタパタ風を送ってちょっとだけ冷ます。

ベッタリしていると、食感がよくないし食べにくいものね。

やがて、少しずつツヤツヤしてきた。

「メルフィーちゃん、お米に艶が出てきたね」

「冷ましすぎもよくないから、これくらいにしておきましょう」

乾燥しないように、水で濡《ぬ》らしたタオルで覆っておく。

次は魚の切り身ね。

市場で買ったお魚は、どれもキラキラと輝いていた。

「全部、目が透き通っているよ。新鮮なんだね」

「一番良い物を選んできたわ」

まずはマグロから。

大きな魚なので、これだけ長方形の切り身にしてもらった。

キッチンナイフを手前へ引くようにすると美しく切れた。

同じようにして、ヒラメやアジ、カンパチなども切《き》り揃《そろ》えていく。

「さて、ここからが本番ね」

「ご飯にのっけるだけじゃないの？」

「いいえ、〝ニギリ〟が一番重要だって書いてあったわ」

言ってしまえば、お米を握るだけ。

だけど、〝スシ〟でとても大事なところだ。

柔《やわ》らかすぎると持ったとき崩れてしまうし、硬すぎてもおいしくない。

丁寧に丁寧に〝スシ〟を握っていく。

出来上がったら、さっそく味見ね。

醤油をちょっとつけてと。

「これは……おいしいわね」

魚の切り身が、ご飯をふんわりギュッと包み込んでいる。

マグロの赤身はさっぱりしていて、醤油のしょっぱさがピッタリだ。

「エルダさんもどうぞ」

「ありがとう。いただきます……うまぁ……」

食べた瞬間、エルダさんは満面の笑みになった。

「メルフィーちゃん、こっちはなに？」

エルダさんはピンク色の切り身を指している。

「それはトロって言って、マグロのお腹《なか》や背中の脂がのった部分なの。マグロは大きい魚だから、部位で味わいが違うのよね」

「へぇ～」

私はトロも食べる。

その瞬間、ビシャーンと雷に打たれたような衝撃を受けた。

な……なんておいしいの。

赤身より脂肪分が多くて、その名のとおりトロトロしているわ。

まさか、〝スシ〟がこんなにおいしいなんて。

「〝ニポン〟料理にしてよかったわ。これなら、ルーク様も喜んでくださると思う」

「私たちと全然違う国の料理だから、どうなるかと思っていたけど余計な心配だったね」

同じような調子で他のお魚も握る。

マグロの力強い赤、ヒラメの繊細な白、アジのキラリと光る銀色……。

並べると、とてもキレイな彩りになった。

「じゃあ、ルーク様にお出ししてくるね」

「こんなにおいしいんだもん。絶対に喜んでくれるよ」

食堂に料理を運んでいく。

ルーク様はもう席に着いていた。

「ルーク様、お夕食の準備ができました。〝東の国のスシ〟でございます」

「〝スシ〟？　なんだ、それは」

「東方の島国、〝ニポン〟の料理でございます」

「ほう……〝ニポン〟か」

ルーク様は興味深そうに〝スシ〟を見ている。

「それで、これはどうやって食べるんだ？」

「こちらの醬油を少しつけ、召し上がってください。〝ニポン〟から伝わってきた、秘伝のタレでございます」

小皿に入れた醬油を出した。

「カトラリーが出ていないようだが……？」

「手で持って召し上がってください。それが〝スシ〟の食べ方らしいのです」

「こ、こうか？」

ルーク様はぎこちなく〝スシ〟を持った。

醤油を少しつけて、ゆっくりと口に運んでいく。

ルーク様は〝スシ〟を噛《か》んでゴクンと飲み込んだ。

と、思ったら、そのまま固まってしまった。

「どうでしょうか、ルーク様？」

「これは……」

緊張してルーク様の言葉を待つ。

今回のお料理は今までとまったく違う。

何と言っても、初めての〝ニポン〟料理だ。

ルーク様は受け入れてくださるかな。

「かなり美味い」

美味いと聞いて胸をなでおろす。

「良かったです、ルーク様」

それからも、ルーク様は醤油をちょっとつけては、パクパクと食べていく。

どうやら、大変気に入っていただけたようだ。

「魚の切り身も美味いが、この米も良いな」

「甘酢を混ぜたご飯です。〝ニポン〟では〝シャリ〟と呼ばれています」

「ほう、珍しい組み合わせだな」

「お米にのっているのは生魚なので、お酢の防腐効果を利用しているんです。あとは、魚の臭みを消すメリットもあります」

「なるほど、ずいぶんと理にかなった料理のようだ。それに魚の種類によって、味わいや食感の違いが楽しめるしな」

ルーク様の言うように、よく考えられた調理法だ。

腐りやすい生魚を食べるのに適している。

そして実用的な効果だけでなく、料理としてもおいしい。

しかし、生魚をこんな風に使うなんて、〝ニポン〟人はすごい人たちね。

「さあ、メルフィーも食べなさい。せっかくの〝スシ〟が乾燥してしまうぞ」

「はい、いただきます」

ルーク様に言われ、私も〝スシ〟を食べる。

まずは、アジにしようかしら。

残った銀皮が、眩《まばゆ》いばかりにキラキラと輝いている。

魚ってこんなにキレイなんだな、と思うほどだ。

ちょこっとのせといた生姜《しょうが》が、ほんのり辛くておいしかった。

打って変わって、ヒラメのえんがわはコリッコリだ。

魚を切ってのせただけなのに、こんなにバリエーション豊かになるなんて。

〝スシ〟って不思議な料理ね。

「メルフィー、この魚がすり潰された物はなんだ？　これも美味い」

「それはネギトロでございます。マグロを包丁で叩き、ネギとあえました」

これは例の本には載っていなかったけど、私が多少アレンジした〝スシ〟だ。

「メルフィーの〝スシ〟は米のかたまり具合がちょうどいいな。かと言って、柔らかいというわけでもない。まさしく絶妙な加減だ。この料理を作るのは結構大変だったんじゃないか？」

「いえ、そこまで大変ではありませんでした。まぁ、握るのは難しかったですが」

崩れない程度に柔らかくて硬すぎない〝ニギリ〟。

〝ニポン人〟たちもその加減を掴むのに苦労したことだろう。

「ルーク様はどのお魚が一番お気に召しましたか？」

「そうだな……やはり、マグロだな。中でも、赤身がさっぱりしていて美味かった」

「私もマグロが一番好きです」

「もちろん、このトロも最高に美味いぞ」

今回、私は赤身とトロをご用意した。

赤身はさっぱりしているけど身が引き締まっていて、歯応えがある。

ルーク様は赤身の方が良かったとおっしゃっていた。

だけど、私はトロが一番かもしれない。

口に入れると、脂が溶けてすぐに消えていってしまうくらい柔らかい。

このおいしさは〝スシ〟の王様ね。

「はぁ……おいしかったぁ……」

気がついたら、私のお皿にのせた〝スシ〟は全てなくなっていた。

それはもちろん、全部食べてしまったからだ。

そして、ルーク様のお皿にはまだ残っていた。

「も、申し訳ありません、ルーク様。先に全部食べてしまって」

「別に気にすることはない。食べたければ勝手に食べてしまって構わない」

たしかに、みんなの言うように、ルーク様はお優しくなっているのかも。

そーっと、ルーク様を見る。

「ところで、メルフィー。前から思っていたが……」

「は、はい、なんでしょうか……？」

そしたら、ルーク様は急に真面目な顔になった。

ゴクッと唾を飲む。

「君はなかなかの喰《く》いっぷりだな」

ルーク様はかすかに笑っていた。

私は少しずつ頬が熱くなるのを感じる。

ちょっと待って。

私の食べる様子って、どんな感じだっけ？

そういえば、一度も意識したことがなかった。

慌てて弁明する。

「あ、いや、これは、自分で言うのもなんですが、おいしくて……つい……」

恥ずかしさで、何をどう言えばいいのかわからなくなってしまった。

「冗談だ。君は本当に美味そうに食べると思ってな。君と一緒に食べていると、料理がさらに美味くなるんだ」

「ルーク様……」

「〝ニポン〟の伝統的な料理まで作ってしまうとは……さすがだな、メルフィー。名の知れた料理人でも作るのは難しいだろう」

「そうでしょうか」

「そうに決まっている。君の料理の腕前は世界一だ」

「褒めすぎですよ、ルーク様」

「いや、私は本気だ」

そして、ルーク様は全ての〝スシ〟を食べてくれた。

今度はワサビも使ってみようかな。

「そろそろお茶をご用意いたします。〝ニポン茶〟でございます」

「ほう……〝ニポン茶〟か。これまた珍しいな」

〝ニポン茶〟は、茶ノ木から摘み取った葉を浅い発酵で淹《い》れた飲み物だ。

キレイな深い緑をしている。

〝スシ〟に紅茶やドクダミ茶は合わない、〝ニポン茶〟が一番だ。

これは本にも書いてあったし、自分でも飲んでみたから間違いない。

さっぱりした渋みがとてもおいしかった。

「ふぅ……魚の脂やしょっぱい感じが洗い流されるようで、後味が最高だな」

「〝ニポン茶〟には違う魚を食べるときの、口直しの役割もあるようです」

ルーク様は落ち着いた様子でお茶を飲んでいる。

気に入ってもらえてよかった。

と、思ったら、いきなりルーク様は謝ってきた。

「すまないな、メルフィー」

な、なんで？

私は混乱する。

「ルーク様、どうして謝るんですか？」

「いや、少々難しい注文だったかもしれないと思ってな。新鮮で珍しい魚料理なんて考えるのに難儀しただろう」

「そんなこと気にしないでください。それが私のお仕事ですから」

「そうだったな……ところで、少し私の話をしてもいいか？」

ルーク様はカップを置くと静かに言った。

「はい、なんでしょう？」

しばし、無言の時間が流れる。

「……幼い頃、私の一家は海の近くに住んでいた。裕福ではなかったが、充実した日々だった」

ルーク様がご自身の過去を話されるのは初めてだ。

緊張して続きを待つ。

「両親はいつも心躍るようなおいしい魚料理を作ってくれた。大人になってからも、あの高揚感は忘れられなくてな。その思い出が強く残っていて、私は食にこだわっていたのだ」

――そうだったんだ……ルーク様がお料理に厳しかったのは、そんな理由があったからなんだ。

「そして、メルフィーならそういう料理が作れるかもしれない、と思って、今回リクエストしたというわけだ」

ルーク様は私のことを、こんなに信頼してくださっていた。

私の心は喜びで満たされていく。

「私はルーク様の専属シェフですから。ルーク様の食べたい物でしたら、いくらでもご用意いたします」

「そうか、君は私の専属だったな」

「そうです！　料理なら、このメルフィーにいくらでもお任せください！」

私はグイッ！　と胸を張った。

ルーク様のためなら、どんな努力もいとわないつもりだ。

「ああ、それと、そのことなんだが……」

「は、はい、なんでしょうか？」

何やら、ルーク様は言いにくそうだ。

おまけに、とても硬い表情をしているのですが。

悪い想像をしてしまう。

「その……なんだ……」

「も、もしかして、クビに……！」

「違う！」

だったら、どうされたんだろう？

ドキドキする。

ルーク様は気持ちを落ち着かせるように深呼吸している。

「メルフィー。私は君と専属契約をして本当に良かった」

ルーク様は笑顔で言ってくれた。

【第八章：～乾燥野菜と干し牛肉の山登りパスタ～】

「みんな、ちょっと私の周りに来てくれ。話しておくことがある」

お庭で作業していると、ルーク様が私たちを呼んだ。

ルーク様の周りにお屋敷《やしき》のみんなが集まる。

「明日、私はベルカイム山に行く」

ベルカイム山はこの近くにある小高い山だ。

そこにしか生《は》えない植物がたくさんあるらしい。

「ルーク様、魔法省のお仕事ですか？」

「ああ、そうだ。頂上付近に生えているマリョク草を採取しに行ってくる」

ルーク様が言うと、みんながざわついた。

『マリョク草かぁ。それはまた、たいそうな仕事じゃないか』

「別に大したことなどない。私の他に行ける者がいないだけだ」

マリョク草は特別な回復薬などを作るのに必要な植物だ。

とても貴重なので、自生地は保護結界が張られている。

たしか、限られた人しか入れないはずだ。

「ルーク様は結界の中に入れるのですか？」

「もちろん入れるぞ」

「そんなに重要な仕事を頼まれるなんて、やっぱりルーク様はすごい人なんですね」

羨望の眼差《まなざ》しでルーク様を見る。

自分には絶対できないような仕事なんだろうな。

「こ、こら、そんな目で私を見るんじゃない」

しかし、ルーク様は慌てて目を逸《そ》らしてしまった。

どうしたんだろう？

そして、なぜかみんながニヤニヤしていた。

「ウウン！　それでだな……メルフィー」

ルーク様は私をギロリと見た。

こ、今度は何を言われるんだろう？

緊張して身構える。

「はい……何でしょうか？」

「君も一緒に来てくれ」

唐突にルーク様は言った。

「私もベルカイム山にですか？」

「ああ、そうだ」

「わかりました。でも、どうしてでしょうか？　私は魔法なんて使えません。足手まといになりませんか？」

「君に魔法を使わせることはない。ベルカイム山に泊まることはないだろうが、行って帰ってくるまでに半日はかかりそうだ。食事の用意を頼む」

あっ、そういうことか。

たしかに、お腹《なか》が空いてしまうわよね。

登山は体力を使うから、食事の管理はとても大切な仕事だ。

「わかりました。お食事のことは私にお任せください」

身が引き締まる思いだった。

『ベルカイム山に行くんなら俺も一緒に行くぞ。魔物に遭遇すると危ないだろ』

「いや、ルフェードは残っててくれ。念のため、屋敷の警護につかせる。私たちがいない間、留守を守っていてくれ」

『そうかぁ、わかったよ。たしかに、俺は残った方がいいな』

ルフェードさんはとても残念そうにしていた。

「ここのところ天候も良《い》いし、予定通り進めばすぐに帰ってこれるだろう」

でも、私には心配なことがあった。

今まで山に登ったことなど一度もない。

「ルーク様。私は登山が初めてなんですが、大丈夫でしょうか？」

「それほど高い山ではないから、メルフィーでも登れると思うが……。まぁ、心配しなくとも、私がサポートするから安心しなさい」

「そうですね。ルーク様がいらっしゃれば安心ですね」

それでも、怪我《けが》しないように気をつけなくちゃ。

なるべく、ルーク様にご迷惑をかけないようにね。

「途中、景色が良いところがある。そこで一緒に昼食を摂《と》ろう」

『ベルカイム山から見える景色はキレイだぞ』

「そうなんですか⁉ 私、とっても楽しみです！」

「では、また明日だな」

そう言うと、ルーク様はお屋敷に戻っていった。

そういえば、お屋敷以外でご飯を食べるのは初めてだ。

なんだかウキウキしてくるわ。

一人で意気込んでいると、みんながコソコソ話すのが聞こえてきた。

「近い山と言っても立派な小旅行ですね」

「二人っきりで山の中、何がどうなることやら……」

「アタイはメルフィーたちが幸せになってくれれば、それでいいさ」

『見ている方としてはヤキモキしてしょうがないけどな』

三人と一匹は、またよくわからないことを言っていた。

「みなさん、さっきから何を話しているんですか？」

「『いや、何でもないよ』」

何はともあれ、山でお料理をするのは初めてだ。

山にピッタリのお食事をご用意したい。

「よし、おいしい物を作るぞ！」

さっそく、私はレシピを考え始めた。

「山でご飯かぁ。どんなレシピにしようかな」

いつものごとく、私はキッチンで考えていた。

山で料理となると、下準備が必要よね。

ベルカイム山はそれほど高くないけど、登るのは結構大変だろう。

荷物が重くなるから、あまり調理器具を持って行けないし。

となると、お屋敷で下準備して、山の中でしっかり調理って感じかしらね。

「メルフィーさん」

「あっ、リトル君」

キッチンで考えていると、リトル君がやってきた。

「さっきの話を聞いて思ったんですが、山で料理ってできるんですか？」

「いつもどおりにはいかないけど工夫《くふう》すれば平気よ。山でもおいしい物を作りたいなぁ」

「メルフィーさんが作るなら、絶対においしいに決まっていますよ」

食材を探していると、フジッリがあった。

らせん状の短いパスタだ。

「そうだ、パスタにしよう。お鍋が一つあればできるし」

「荷物も少なくていいですね」

私は市場でトマト、玉ねぎ、にんにく、しめじといった野菜を買ってきた。

ついでに干した牛肉も。

「野菜って意外に重いですよね。運ぶの大変じゃないですか？」

「大丈夫、乾燥させれば軽くなるわ」

野菜を乾燥箱に入れていく。

しばらく待つと、パリパリに縮こまった。

「メルフィーさん、こんなに干からびちゃいましたけど、大丈夫なんですか？」

「野菜は水に入れると復活するのよ」

「へぇ、知らなかったです」

野菜は水分が抜けたので、だいぶ軽くなった。

これなら荷物にならない。


ということで、下準備が終わり登山の日を迎えた。

「では、そろそろベルカイム山に行くとするか」

「はい、私も準備はできました」

「ちょっと待て、メルフィー。それはなんだ？」

ルーク様は私の大きな水筒を指さした。

「これは料理用のお水です。山の中にはお水がないかもしれませんから」

飲む用と料理用のお水を用意していた。

二人分用意すると、結構な重さになった。

「大丈夫か？　重いだろう」

「ええ、ちょっと重いですけど、大丈夫です。おっとっと」

よろけそうになったけど、何とかこらえた。

登山する前から怪我をしては大変だ。

「置いていきなさい」

「で、ですが、ルーク様。お水がないとお料理ができません。それに、喉も渇いてしまいます」

「そんなもの魔法で出せばいい」

「すみません、ルーク様。私は魔法が下手で……」

少しでも、私に魔法が使えれば良かったのに。

水も出せないいんじゃ、ルーク様も幻滅なさるわよね。

「違う。水など私の魔法でいくらでも出すと言っているのだ」

「しかし、ルーク様にそのようなことをしていただくわけには……」

「いいから、こっちに渡しなさい」

「あっ、ルーク様！」

結局、水筒は全てルーク様に取り上げられてしまった。

でも、体がとても軽くなった。

「ルーク様のおかげで荷物が軽くなりました。ありがとうございます」

「他にも重い物があるんじゃないのか？」

「いえ、本当に大丈夫ですから！」

ルーク様は調理器具や食材まで持ってくれようとしたが、さすがに全力で断る。

エルダさんたちと、ルフェードさんが見送ってくれた。

「行ってらっしゃいませ。お屋敷のことは私どもにお任せください」

『気をつけろよ、二人とも。ベルカイム山にも魔物はいるからな』

「そうですね、注意して登ります」

「大丈夫だ。どんなことがあってもメルフィーのことだけは守る」

『ずいぶん丸くなっちゃって』

「やかましいぞ、ルフェード」

□□□

しばらく歩くと、ベルカイム山の麓に着いた。

「今日は晴れているし天候もよさそうだ。だが、気を抜かないようにな。ルフェードの言っていたように魔物が出てくるかもしれん」

「は、はい！　気をつけます！」

魔物と聞いてドキッとした。

彼らは野生の動物よりずっと凶暴で、人間も襲うほどだ。

腕力も魔力もない私は、あっという間に食べられてしまうだろう。

「私のそばから離れるな」

「わ、わかりました。ルーク様」

ルーク様にピッタリとくっついた。

これなら大丈夫だ。

ルーク様がいてくれてよかったぁ。

私は安心する。

しかし、少し歩くとルーク様は立ち止まってしまった。

「あの、どうしたんですか？」

「メルフィー……そんなにくっつかなくていいのだが……」

「え、でも、さっき、そばから離れるなと……」

「も、もうちょっと離れなさい」

ルーク様にググッと押し戻された。

私たちは適度な距離になる。

そばから離れるな、って言ったのにな……。

そして、なぜかルーク様の頬《ほ》っぺたが赤かった。

急に心配になる。

「ルーク様、熱でもあるんですか？　顔が赤いです。も、もしかして、山の病気に……」

「違う！　そんなわけないだろう！　ええい！　《アイス・ウィンド》！」

そう言うと、冷たい風が吹いてきた。

ルーク様は自分の顔にビュウビュウ風をあてている。

またもや心配になってしまった。

「ルーク様、そんなに冷やすと風邪をひいてしまうのでは……」

「ひかん！」

しばらく登っているうちに少しずつ疲れてきた。

足が重くなり、だんだんルーク様から遅れていく。

「メルフィー、疲れていないか？　少し休むか？」

「はぁはぁ……いいえ、大丈夫です。このまま、登りきりましょう……はぁ」

「いや、少し休もう。無理すると怪我をしかねない」

「あ、ありがとうございます」

ルーク様は大きな岩の前で立ち止まってくれた。

私は倒れた木に腰かけて、ふぅっと息を吐く。

「登ると体が熱くなるな。メルフィー、まずは体を冷やしなさい。《アイス・ウィンド》」

「す、涼しい……」

ルーク様は私の顔にも涼しい風をあててくれた。

はぁ……気持ちいい。

火照った体が冷やされていく。

「また疲れたら、すぐに言いなさい」

前から思っていたけど、ルーク様は冷たい人ではない。

本当はとても優しい心の持ち主だ。

少し休んで再び登っていると、薄黄色のバリアみたいな壁が出てきた。

見たこともない魔法陣が浮かび上がっている。

「ルーク様、これが結界ですか？」

「ああ、そうだ。特殊な呪文じゃないと解除できない。ちょっと待っていなさい」

ルーク様が何やら複雑な呪文を唱えると、小さな穴ができた。

人がちょうど一人入れるくらいの大きさだ。

「これで大丈夫だ。さぁ、メルフィー、入るんだ」

「は、はい」

ルーク様に押される形で、私は結界の中に入った。

上を見ると、鳥が何羽《わ》か通過している。

「他の動物は自由に出入りできるんですか？」

「結界と言っても、人間と魔物の侵入だけを防いでいる。マリョク草を餌にしている野生動物もいるからな。それにその方が山の自然にとっても良い」

さらに数十分登ると、少し開けた場所に出た。

そこだけ木が生えておらず、遠くの景色まで見渡せる。

「うわぁ、キレイな景色ですね！」

「このあたりは眺《なが》めがいいからな。昼食を食べるにはちょうどいいだろう」

「そうですね。さっそく準備します」

調理器具を手早く取り出す。

ルーク様もお腹を空かせているだろう。

早く作らなきゃ。

「メルフィー、私も手伝う」

「いえ、ルーク様は休んでいてください」

「いいんだ。私にも少し手伝わせてくれ」

「ありがとうございます。では……」

お鍋にフジッリと乾燥野菜、干し牛肉を入れ、塩などで味付けする。

「ルーク様、お水をお願いできますか？」

「わかった。《ドリンク・ウォーター》」

ルーク様にお水を鍋に入れてもらう。

火にかけると、グツグツと沸騰してきた。

食欲をそそる良い匂いがしてくる。

「今回はパスタを用意してくれたのか」

「お鍋があれば簡単にできますから」

そのうち、乾燥させた野菜も元どおりになってきた。

「ルーク様、出来上がりました。〝乾燥野菜と干し牛肉の山登りパスタ〟です」

「すごい……屋敷で作るのと全然変わらないじゃないか」

ルーク様はとても驚いていた。

パスタはおいしそうにホカホカとしている。

「お腹空きましたね」

「ああ、そうだな。さっそく、いただくとしよう」

ルーク様はパスタを口に運んで……。

『グルル！』『ガアア！』

そのとき、森の中から魔物の群れが現れた。

「ル、ルーク様、魔物です！」

「メガウルフだ。どうやら、群れのようだな」

『グルル！』『ガルル！』

メガウルフは体が大きい狼《おおかみ》のようで、とても凶暴な見た目をしている。

鋭い牙に強そうな爪がギラリと光っていた。

森の中からさらに何匹も出てくる。

「おそらく、料理の匂いにつられてきたんだろう。私から離れるんじゃないぞ、メルフィー」

「は、はい！」

ルーク様の後ろにピタッとついて隠れた。

あんな爪で襲われたらひとたまりもない。

「でも、どうして魔物が。ここには結界が張ってあるのに」

「どこかに結界のほころびがあったのかもしれん。すまない。事前にあたりを偵察しておくべきだったな」

メガウルフの群れは、私たちを取り囲むように近づいてきた。

牙を剝《む》き出《だ》しにしてグルルと唸《うな》っている。

私たちを鋭く睨《にら》んで威嚇《いかく》していた。

「ルーク様、どうしましょう」

「メルフィーは下がっていなさい。こいつらは私が何とかする」

すぐ目の前に魔物がいる。

怖くて仕方なかった。

「《アイス・ショット》！」

ルーク様が呪文を唱えると、氷の塊が現れた。

すごい勢いでメガウルフに向かって飛んでいく。

『グアア！』『ギイイ！』

次々とあたっては、メガウルフを吹っ飛ばす。

とても痛そうだ。

キャンキャンと、おっかない魔物たちは逃げていった。

『ガアア！』

「きゃあっ！」

そのとき、背後の木に隠れていたメガウルフが飛び出してきた。

ズバッ！　と私の腕が引っかかれる。

「しまった、メルフィー！　《アイス・メガショット》！」

『グアア！』

ルーク様はメガウルフに特大の氷塊をぶつけ、森の中に吹っ飛ばした。

そして、急いで私の方を見る。

「メルフィー、すまない！　大丈夫か!?」

「は、はい……って、あれ？　あまり痛くない」

それに、私の腕は思ったより傷ついていなかった。

ちっちゃな切り傷で、血もほんのちょっと出ているだけだ。

なんでだろう。

思いっきり引っかかれたはずなのに。

「メルフィー、すぐに手当てをする。怪我したところを見せるんだ」

「いや、なんだか平気みたいです」

「見せなさい」

ルーク様は私の腕を優しく取った。

そのまま、じっくりと見ていく。

あまりにも熱心に見られるので恥ずかしくなってきた。

「あ、あの……ルーク様？」

ルーク様は何かを考えていたけど、やがて納得したような様子で話し出した。

「……なるほど、そういうことか。やはり、君の作る料理には〝聖女の加護〟があるようだ」

「〝聖女の加護〟……ですか？」

「君の料理には聖なる力が宿っているらしい。ルフェードの病気が治ったのも、この力によるところが大きいだろう。こんなに強い力は私も見たことがない」

不思議な力の正体は〝聖女の加護〟だったのか。

ルーク様に言われて初めてわかった。

「だから、私の料理を食べた人は体の調子が良くなったりしたんですね」

「メルフィーの体もとても頑丈になっているようだ。おそらく、今の君は頑強で有名なバジリスク並みの皮膚を持っているはずだ」

そういえば、私は昔から病気になったことはなかった。

でも、バジリスクって……。

できれば、もう少しマシな言い方をしてほしかった。

「君が本気で殴ったら、メガウルフなど木っ端みじんになったかもしれないな」

「そ、そうですか……」

いや、それはどうなんだろう？

褒《ほ》められてもあまり嬉《うれ》しくなかった。

「こんな傷、放っておけば治りますよ。それに早くマリョク草を探さないと、日が暮れてしまいます」

「いいから私に見せなさい。化膿《かのう》したらどうするんだ。すぐに治すからジッとしていろ。《グレート・ネオヒール》」

ルーク様が手をかざすと、私の腕がキレイな光に包まれる。

「ルーク様、それは最高級の魔法ですよね。そんな魔法を使っていただくわけには……魔力がもったいないです」

「黙っていなさい」

ルーク様はとても真剣な顔をしていた。

そのまま、私の腕を丁寧に癒《いや》してくれる。

おかげで、傷はあっという間に治ってしまった。

「ありがとうございます、ルーク様。もう痛くも何ともないです」

「君が無事で本当に良かった」

ルーク様はとても安心している。

「料理が作れなくなると困りますものね」

そう、私はルーク様のご飯を作るためにいるのだから。

でも、嬉しいけれど寂しいようなよくわからない気持ちになった。

「君は何か勘違いしているようだな」

「え？」

ちょっと考えていると、ルーク様に言われた。


「もちろん料理も大事だが、それ以上に君が大切なんだ」

「ルーク様……」


ルーク様がそんなことを言ってくれるなんてとても嬉しかった。

「さて、メガウルフも追い払ったしゆっくり食べよう」

「そうですね、お昼にしましょう」

料理や調理器具は全て無事だった。

ルーク様が守ってくれたのだ。

私たちは出来上がったパスタを食べる。

「このフジッリは見事なアルデンテだ」

「メガウルフに襲われて、逆に茹《ゆ》で時間がちょうどよかったみたいですね」

フジッリは芯が残っていて噛《か》み応《ごた》えがある。

乾燥野菜はみずみずしくて切りたてみたいだ。

「干し肉も柔らかくて美味《うま》い」

「パスタも具材も一緒に茹でたので、味が染み込んでいると思います」

空気がおいしいこともあって、お昼ご飯はすぐに食べ終わってしまった。

「山でこんなに美味い料理が食べられるとは、私は幸せ者だな」

「喜んでいただけてよかったです、ルーク様」

満足げなルーク様を眺めていると、私も嬉しい気持ちになる。

「私のお料理に〝聖女の加護〟があるのなら、ルーク様にも何か恩恵があればいいのですが」

幸い、ルーク様にご病気はないみたいだし。

ましてや魔法なんて、私の料理の力などいらないくらいお上手だ。

何かしら、ルーク様に恩返しができたらいいのだけど……。

「もう……十分に恩恵を受けている」

ルーク様は静かに言った。

「え、そうなんですか？」

「君の料理を食べると……心が温かくなる」

その言葉を聞いて、私も心がポカポカしてきた。

「ルーク様……そう言っていただけると私も嬉しいです」

この人の専属シェフになれて本当に良かったな。

「さて、日が落ちる前にさっさと採取するか」

道具も片付け終わり、私たちは登山を再開した。

「マリョク草はどこにあるんですか？」

「もう少し登ったところだ」

頂上より手前に、マリョク草はたくさん生えていた。

キレイな黄色い花で小さい蕾《つぼみ》がかわいい。

ルーク様はちょっとだけ切り取った。

「それくらいで足りるのですか？」

「必要最低限の量で十分だからな。あまり採りすぎると育たなくなってしまう。さて、仕事も終わったし屋敷に帰るか」

「はい、ルーク様」

私たちは山を下りていく。
短い登山だったけどとても楽しかった。
怖い魔物に遭遇したけど、マリョク草も無事に手に入ったし。
ずっと、こんな毎日が続いたらいいな。
私は静かに、だけど力強く願った。

【第九章：～東の国の懐石料理～】

「メルフィー、ちょっと来てくれ」

ある日、ルーク様が見るからに豪華な手紙を持ってきた。

「キレイなお手紙ですね」

「これは陛下からだ」

「え!? お、王様から!?」

それを聞いてとても驚いた。

さ、さすがは公爵家だ。

王様から直々に手紙が来るなんて。

「私が開発した新しい魔法に陛下が興味を持たれていてな。今度一緒に食事をしつつ、仕事の話もしようというわけだ」

「そうだったんですか。やっぱり、ルーク様はとても優秀なんですね」

王様と二人で食事できる人なんて、そうそういないだろう。

「私の新魔法について、王国図書館に収める魔導書を書かせてくれるかもしれん」

「え、王国図書館ですか!?」

古《いにしえ》の魔術書、秘術を記した巻物、禁断の書物などなど……。

国で一番重要な本を収めている図書館だ。

「それは大変にすごいことじゃ……」

「まぁ、私は名声だとか栄誉だとかに興味はないが、魔法使いとしてずっと目指していたからな」

ルーク様は嬉《うれ》しそうに話している。

王様とのお食事が上手《うま》くいくといいなぁ。

しかしルーク様は、衝撃的なことを言ってきた。

「メルフィー、手紙には君のことも書いてある」

「わ、私のことがですか……⁉」

ルーク様と一緒に手紙を読んでいく。

〔……メルフィー嬢の料理をいただきたく、この手紙を送った。そちらを訪ねる日にちは……〕

「わ、私の名前が書いてあります。しかも、私の料理が食べたいそうです。ど、どうして……？」

「そのようなことが書いてあっても別に不思議ではない」

ルーク様はさも当然のように言った。

もちろん、私には何が何だかわからない。

「実は、陛下は君の料理を食べたことがある」

「え⁉　そうなんですか⁉」

これまた驚愕《きょうがく》の事実だ。

相変わらず、ルーク様はすました顔で言っている。

私にとってはとんでもないことなんですが……。

王様が……私の料理を食べた？

でもいつだろう？

「ですが、私は王様にお食事を作ったことなんて一度もありません」

食事を作るどころか王様にお会いしたことすらない。

どこで私の料理を食べられたのかしら？

考え込んでいると、ルーク様が歯切れ悪く言ってきた。

「君の作った弁当を……少し分けたことがあってな。たぶん、それだ」

「ルーク様のお弁当を王様が食べたんですか？」

次から次へと、私の知らないお話が出てくる。

「君の弁当のウワサは、知らないうちに広まっていたようでな。陛下も目をつけていたらしい」

「目をつけるって、そんなことが……」

「ずっと死守していたんだが、あまりのしつこさに根負けして、つい分けてしまったんだ。私としたことが不甲斐《ふがい》ない」

ルーク様はとても悔《くや》しそうな顔をしていた。

「そ、それで、王様はなんと言っていましたか？」

「陛下の感動ぶりは言葉にできないくらいだった」

静かにホッとする。

「なんだか恥ずかしいです」

「それ以来、君の料理に夢中らしいのだ。私のところにおかずを貰《もら》いに来ては、追い返す毎日だ」

お弁当目当てに来る王様と、それを追い返すルーク様。

想像すると、少しおかしかった。

「そんなやり取りがあったとはまったく知りませんでした」

「そういうわけで、君の料理をしっかり食べてみたいらしい」

「もし何でしたら、王様の分までお弁当をお作りしますが……」

「いいや、それはダメだ！」

ルーク様にとても大きな声で言われた。

慌てて謝る。

「申し訳ありません、ルーク様！　出過ぎたことを言ってしまいました！」

「違う！　そういう意味じゃない！」

ポカンとしていると、ルーク様は静かに言ってきた。

「メルフィーの弁当は私だけの……ゴホン！　何でもない！　とにかく、陛下の分まで作ると君が大変だから作らなくていい！」

「わ、わかりました」

ルーク様にすごい勢いで断られた。

「この食事会なんだが当日は陛下だけでなく、側近や王宮の総料理長まで来るそうだ」

「そ、そんなに、いらっしゃるんですか?」

「皆がメルフィーの料理を食べるチャンスを窺《うかが》っていたらしい。君の料理のウワサは、予想以上に広まっていたみたいだな」

王様だけでも大変な緊張だというのに。

偉い人たちがいっぱい来るなんて……。

しかも、みんな私のお料理を楽しみにしている。

これは絶対に失敗できないわね。

「まぁ、嫌なら私の方から断っておくが……」

「いえ、それには及びません!」

これはきっと、ルーク様にとっても大事な機会だ。

それならば断る理由などない。

「では、やってくれるか?」

「はい、それはもちろん、やらせていただきます!」

私の料理が少しでも役に立つなら、それ以上望むことはない。

王様となるとフルコースをご用意した方が良《い》いわよね。

さっそくレシピを考えなくちゃ。

「どんなお料理にしようかしら」

例によって、私はキッチンで考え込んでいた。

もちろん、王様にお出しするフルコースのレシピだ。

やっぱり豪華絢爛《ごうかけんらん》な方が良いわよね。

でも、王宮で出るような豪華な料理が私に作れるかしら。

う〜ん、どうしようかな。

「メルフィー、いるか？」

「あっ、ルーク様」

そのとき、ルーク様がキッチンに入ってきた。

お屋敷《やしき》に来て初めてのことだ。

「失礼するぞ」

「どうかされたのですか？」

いつものルーク様なのにちょっと緊張する。

「陛下のメニューで悩んでいないかと思ってな。様子を見に来たのだ」

「ルーク様……」

私のことを気遣ってくれたんだ。

やっぱり、ルーク様はお優しいなと思った。

「陛下とは食事のことを何度かお話ししたことがあるんだが、もしかしたらヒントになるかもしれん。まぁ、私の話が参考になるかはわからないが」

「ぜひ、聞かせてください！」

「陛下は宮殿の豪華なメニューにうんざりしているらしい。毎日毎日、それはたいそうな食事が出されるようだ」

私は想像する。

たしかに、豪華なお料理はおいしいけれど、毎日出されたら飽きてしまうだろう。

たぶん、味つけも濃いような気がする。

「そうだったんですか。私は豪勢なメニューの方が良いかと考えていました」

「メルフィーのシンプルでおいしい料理に感銘を受けたと言っていた」

「だとすると、お屋敷にいらっしゃったときも、シンプルなお料理の方が良いでしょうか」

「そうだろうな。だが、やはりフルコースの方が良いだろう」

「フルコースでシンプルな料理ですか……」

「難しいな……」

私たちはう～んと悩む。

フルコースとなると、どうしても豪華になってしまうし。

どうしようかしら。

「そうだ、君が以前作ってくれた〝スシ〟。あれは〝ニポン〟の料理だったな」

「はい、そうです」

「そういえば、この前〝ニポン〟の本を買ったような気がする……」

「ほ、ほんとですか、ルーク様⁉」

思わず、身を乗り出してしまった。

「君の〝スシ〟を食べてからちょっと興味が湧いてな。……だんだん思い出してきたぞ。何冊か注文したはずだ。念のため確認するか。私の図書室に案内しよう」

「お願いします」

私たちはお屋敷の図書室に来た。

ここに来るのは初めてだ。

「うわぁ、すごい量の本がありますね」

「読書が私の数少ない趣味だからな。内容に関係なく色んな本を集めている。たしか、〝ニポン〟についての本はこっちの方にまとめさせたはずだ」

ルーク様に連れられ、図書室の奥へ奥へと歩いていく。

やがて、お部屋の端っこに、こぢんまりとした本棚が出てきた。

東の国についての本が収められているらしい。

「料理関係の本があれば良いのだが……すまん、このあたりの本はまだ詳しく読んでいないから、あったかどうかわからん」

「これだけあれば、きっと見つかりますよ」

私たちは本棚を調べていく。

そのとき、私は一冊の本を見つけた。

「ルーク様、この本なんかはどうでしょう?」

「どれどれ………ぐっ!」


【愛する者のために作るニポン料理】


表紙には、すっかりお馴染《なじ》みの〝スシ〟も載っている。

それを見てとても親近感が湧いてきた。

この本を読めば、おいしい〝ニポン〟料理が作れそうだ。

「ルーク様、表紙には色んなお料理が描かれていますよ。キレイですねぇ」

見たこともないお料理がたくさん並んでいる。

とてもキレイなので、しばしの間見とれてしまった。

しかし、なぜかルーク様はソワソワしている。

どうしたんだろう?

「メ、メルフィー、早く本を開きなさい」

「え、でも表紙の絵がとてもキレイなので、もう少しだけ……」

「ほら、早く」

ルーク様が急《せ》かしてくるので、仕方なく本を開いた。

もうちょっと眺《なが》めていたかったな。

「もう一度言うが、私はこの本を選んで買ったわけではないからな。知らないうちに買っていたようだ。たまたま……そう、たまたま買った本の中にあったのだ」

ルーク様はいつにも増して強い口調で言ってくる。

そんなに繰り返さなくても、ちゃんと聞こえているのに。

「ええ、わかりました。ですが、どうしてそんなに強調するんですか？」

「いいから！　ちょっと貸しなさい！」

ルーク様は私から本を取り上げると、バサバサと乱暴にめくる。

そんなに勢いよく開いたら破れちゃいますって。

「どうやら、本当に料理関係みたいだな。ふぅ……良かった……」

ですから、表紙にそう書いてありますけど。

中にもキレイな絵が描かれていた。

詳しく描かれているので、料理の見た目も簡単に想像がつく。

「これはとてもわかりやすい料理書ですね」

「なかなかいいじゃないか」

だけど、ほとんど一品物でコース料理のような物はない。

何かないかしら？

ページをめくっていくと、高級そうな料理が出てきた。

ずいぶえ〜っと。

「ルーク様、〝懐石料理〟って書いてあります」

「どうやら〝ニポン〟のフルコースみたいだな。しかし、私たちが普段食べている物とは、ずいぶん違うようだ」

「それにしても……すごくキレイなお料理ですね」

あまりの美しさに心が奪われてしまった。

盛り付けがとても美しく、気持ちがこもっているのが伝わってくる。

けっして派手ではなくて、上品さが漂っていた。

とても繊細な料理みたいだ。

さっそく作り方を見ていく。

「ところで、これはなんだろうな？」

「昆布をお湯につけなさい、と書いてあります」

奇妙なことに昆布をお湯につけていた。

何をしているんだろう？　と思ったら、出汁《だし》をとると書いてある。

「メルフィー、出汁とはなんだ？」

「私にもわかりません、ルーク様」

どうやら、昆布のうまみを出しているらしい。

昆布から味が出るの？

そもそも、私たちは昆布自体をあまり食べない。

不思議なことに、〝懐石料理〟はバターやソースなどもほとんど使わないようだった。

全体的に味が薄すぎる気がするけど、どうなんだろう？

これは実際に作ってみないとわからないわね。

と、そこで、気になる言葉が書いてあった。

「〝一汁三菜〟……とはなんでしょうか」

「わからん。初めて聞く言葉だ」

〔……一汁三菜とは懐石料理の基本である。ご飯と汁物に向付《むこうづけ》を出したあと、椀盛《わんもり》、焼き物、煮物が出されることが多い。向付とは旬の魚の刺身のことで……〕

「汁物一つにおかずが三品という意味らしいですね」

「なるほど……」

私は少し考え込む。

想像だけど、これはシンプルでいいかもしれないわね。

品数もたくさんあるし。

そのとき、何かの視線を感じた。

ふと目を上げると、ルーク様が私をじーっと見ていた。

「どうしたんですか、ルーク様？」

「いや、なんでもない！　断じてなんでもない！　なんでもないったら、なんでもない！」

ルーク様はなぜか両手をブンブン振っていた。

「一度この本を参考に〝懐石料理〟を作ってみようと思います」

「そ、それがいいだろう！　私も手伝うぞ！」

「メニューは食材を見ながら考えようと思います」

「私も一緒に買いに行っていいか？」

「はい、ぜひお願いします」


私たちは市場に歩いていく。

道行く人々が不思議そうな顔で見てくるけど、そんなに変かなぁ。

「お、おい……冷酷様が女の子を連れていらっしゃるぞ」

「今までこんなことなかったよな……いったい何があったんだ……」

「まさか……喰《く》ってしまうんじゃ」

みなさん小声で何かを話しているけど。

おまけに、私たちをビクビクしながら見ている。

どうしたんだろう？

一緒に歩いていても別におかしくはないわよね。

もしかして、ルーク様はあまり外に出ないのかしら？

まぁ、まずはメニューを考えましょう。

あの本も持ってきたわけだし。

「ルーク様、汁物はここに書いてある〝お味噌汁《みそしる》〟にしようと思います」

「それが良いだろう。きっと陛下も飲んだことがないぞ」

どうやら、味噌という調味料を溶かしたスープらしい。

昆布の他にかつお節なんて物も使うようだ。

「〝懐石料理〟は出汁というものが大切らしいですね。どのお料理でも使っています」

「ふむ。〝ニポン人〟たちにとっては定番の味つけなのかもしれない。どんな味がするのか楽しみだな」

本に描いてある料理は、みんな初めて作るものだ。

だんだん、私も楽しみになってきた。

読めば読むほど色んな料理が載っているなぁ。

きっと、複雑な料理よりはシンプルな方が良いわよね。

初めての人でも食べやすそうなメニューを探していく。

「次は向付ですね。コースの前半なので、さっぱりした料理を出すみたいです」

「この〝刺身〟という料理は〝スシ〟にそっくりだな」

〝スシ〟の上に乗せていた魚の切り身を、そのまま出している。

だけど、盛り付けがとても美しい。

まるで、芸術品のようだ。

「これはぜひお出ししたいです」

「ふむ……見た目も非常に煌《きら》びやかだ」

どんなのにしよう？

そのとき、お店の鯛《たい》が目に入った。

「ルーク様。ここに〝鯛の昆布締め〟という料理があります」

「なんだそれは？　初めて聞く名だ」

「鯛を昆布で包んだ料理らしいです」

どんな料理になるのか、私たちは想像する。

これも生の魚を使っていた。

昆布のうまみを染み込ませているらしい。

「ソースなどをかけたりしていないな」

「昆布の味だけで食べるみたいですね」

とりあえず、作ってみることにした。

「焼き物は〝ブリの照り焼き〟にしようと思います」

これはブリをこんがりと甘く焼いたメニューだ。

〝懐石料理〟でも基本的な料理と書いてある。

「美味《うま》そうじゃないか。でも、肉にしなくていいか？」

「魚ですけど、味つけも全然違うので王様たちも楽しめると思います」

「なるほど……」

「お肉は椀物で使おうと思います」

ルーク様に本を見せながら言った。

〝じゃがいもと鶏そぼろのお汁〟という料理がある。

「ほう……そぼろか」

「お肉を細かく挽《ひ》いたものです。ポテトと一緒に使えば馴染《なじ》みやすいと思います」

「うむ、そうだろうな」

最後は煮物ね。

何を作ろうかな。

「煮物にも旬のお野菜を使いたいですね」

「どうやら、〝ニポン人〟たちは季節感も大事にしているらしい」

今の季節だと……。

「煮物はにんじんやごぼうの根菜にします」

「メルフィーの料理を想像すると、今から楽しみになる」

ルーク様はホクホクとしている。

「味噌やかつお節は〝ニポン〟の食べ物なんですかね」

「珍しい食材だが見つかるだろうか」

そうだ、あのお店なら売っているかも。

「この市場には東の国の食材も扱ったお店があるんです。たぶん、そこなら売っているかもしれません」

「そうだったのか。では、行ってみるか」

やがて、例の店へ着いた。

もうすっかり行きつけだ。

ルーク様はお店の飾りつけを感心したように見ている。

「このあたりではなかなか見ない店だな」

「東の方の食べ物がたくさん揃《そろ》っているんです。きっと、〝懐石料理〟にちょうどいい食材が売っていますよ」

ルーク様と話していると、奥から店主さんが出てきた。

「いらっしゃい！」

「こんにちは～」

「失礼するぞ」

「お嬢ちゃん、また来てくれたんだね！　今日も良い食材が……って、メルシレス公爵様！」

店主さんはルーク様を見ると、直立不動のとても良い姿勢になった。

冷や汗をダラダラかいている。

「いきなり訪ねてすまないな。ちょっと中を見せてくれ。君もそんなに硬くならなくていい」

「え……？　冷酷様が……お優しい……？」

「なんだ？」

「い、いえ！　何でもありません！」

私は二人の間にスッと入った。

「あの、すみません。味噌やかつお節、昆布などもありますか？」

「あ、ああ、もちろんあるよ」

私がたずねると、店主さんは安心したように奥へ行った。

「ほら、これがかつお節さ」

そして、茶色くて細長いものを持ってきた。

「え？　これがですか？」

「鰹《かつお》を乾燥させているんだよ。ちょっと魚っぽいだろう」

そう言われると、たしかに魚の面影《おもかげ》がある。

触ってみると、かつお節はカチコチに硬くて、とても食べられる感じではない。

ルーク様もコンコンと叩《たた》いて、不思議な顔をしている。

「ずいぶんと硬い食べ物だな」

「どうやって食べるんですか？」

「これはね、そのまま食べるんじゃないんですよ。こうやって薄く削って使うんです」

そう言うと、店主さんは木箱を取り出してシャッシャッと削っていく。

少しすると、木箱の引き出しにペラペラの皮がたまり、店主さんが一枚ずつ渡してくれた。

「ちょっと食べてみてくださいな」

「「おいしい（美味い）！」」

しょっぱいんだけど、塩辛いって感じではない。

うまみって言うのかな？

食べてみると、おいしさがじゅわーっと口の中に広がっていく。

へぇ、これがかつお節なんだぁ。

たしかに、お湯につけると良い味が出てきそうだ。

「じゃあ、これください！」

「まいど～！」

ということで、私たちは食材をあらかた買い揃えた。

あとは実際に作ってみて考えよう。

「とりあえず、これくらいで大丈夫そうです」

「陛下が来るのはまだ先だからな。練習する時間はたっぷりあるだろう」

と、そこでとても大事なことに気がついた。

「あの、ルーク様。〝ニポン〟人たちが使っている食器は、私たちの物とは違うみたいです。〝箸《はし》〟って書いてあります。王様たちも使ったことはないですよね？」

彼らは二本の棒のような物を使って食事をしている。

私たちがいつも使うのは、フォークやナイフといった食器だ。

そうか、文化が違うから食器も違うんだ。

「うーむ、彼らは〝箸〟を使って食事をするのか。陛下たちも普段はフォークなどを使っているだろう」

「私たちでも食べやすいように、料理をアレンジしないとですね」

このあたりは食材や調理法を工夫《くふう》すれば大丈夫かな。

「私にできることがあったら遠慮せずに言ってくれ」

「ルーク様はお優しいですね」

「メルフィーのためならどんなことでもするさ」

ルーク様がいれば何でもできる気がする。

そして、私たちはお屋敷に戻った。

「さてと、始めましょうか」

一通りレシピが決まったところで練習してみることにした。

「わ、私も何か手伝うか？」

キッチンで準備していると、ルーク様がやってきた。

「ですが、ルーク様に作っていただくわけには……」

「いいや、私にできることがあったら何でも言ってくれ。私も手伝いたいのだ」

お料理は私の仕事だから、ルーク様にやらせるわけにはいかない。

だけど、ルーク様は本気みたいだ。

花柄のかわいいエプロンまで着ていた。

「でしたら、申し訳ありませんが、お湯を沸かしていただけますか？」

「よし、わかった……って、うわっ！」

ルーク様は勢いよくお鍋を取る。

と、思ったら、その手からつるりとお鍋が落ちた。

ドンガラガッシャンと、ものすごく大きな音がする。

慌てて駆け寄った。

「ルーク様、大丈夫ですか⁉　お怪我《けが》はありませんか⁉」

「あ、ああ、私は平気だ。すまない」

「何でしたら、お休みになられていても……」

「いや、手伝わせてくれ。いつも、メルフィーに作ってもらってばかりではいけないからな」

ルーク様はとてもやる気満々みたいだ。

「そ、そうですか。では、醬油《しょうゆ》や塩などの調味料を用意していただけますか？」

「もちろんだ……って、あっ！」

ルーク様はさっそく、醬油の小瓶《こびん》を持ってきてくれた。

だけど、思いっきり倒して中身を全部こぼしてしまった。

「ルーク様、ご無事ですか⁉」

「すまん、メルフィー……醬油がなくなってしまった」

「予備があるので気にしないでください」

「もっと、簡単なことでも構わないか？」

「じゃ、じゃあ、棚にしまってある昆布を取ってもらえますか？」

「わかった。今度こそは……って、なぜこうなる！」

ルーク様は昆布をバキッと折ってしまった。

そのまま、愕然《がくぜん》とした様子で立ち尽くしている。

「……昆布は折れても使えますから」

「料理とは……なかなかに難しいものだな……」

ルーク様はしょんぼりしている。

いつもの頼りになるルーク様とは大違いだった。

「お気持ちだけで嬉しいですよ」

「では、私は味見専門になるとしよう……」

なんだか、かわいそうだったけど仕方がない。

もし、ルーク様が怪我でもされたら大変だ。

「メルフィー、何から作るんだ？」

「まずは〝鯛の昆布締め〟を作ろうと思います。少し時間がかかりそうですから」

さっそく、昆布を濡《ぬ》れタオルで拭《ふ》いて柔《やわ》らかくする。

鯛は薄く切り分けた。

ふやけた昆布の上へ、丁寧に切り身を並べていく。

昆布をさらに被《かぶ》せたら重しを置いておしまいだ。

「どの程度このままにするんだ？」

「二時間くらい待ってみようと思います」

二時間も待てば、昆布の味が良い具合に染み込むはずだ。

「あとは、昆布とかつお節で出汁をとらないといけませんね」

「〝懐石料理〟で一番大事なところみたいだからな」

水の中に昆布を入れる。

柔らかくするほど、うまみが出やすくなるからだ。

煮すぎないよう注意して、ふにゃふにゃになるまで茹《ゆ》でる。

「昆布はパリパリしたままだと、本来のうまみが出てこないんです」

「ほぅ……」

味も出てきたみたいだから、昆布はもう取り出しても良さそうかな。

昆布を回収しつつ、かつお節を入れて、そのまましばらく待った。

ちょうどいいところで、ルーク様と味見してみる。

「「おいしい（美味い）！」」

しっかりとした塩味なんだけど、塩辛いわけではない。

どこかで食べたような……そうだ、魚や貝のうまみに似ているんだわ。

これが出汁の味なのね。

栄養満点って感じだ。

「この出汁を使って〝お味噌汁〟を作ります。具材はしじみにします。一緒に入れれば、貝のうまみも出てくると思いますので」

「聞いただけで美味そうだ」

しじみの砂出しが終わったら、出汁とともに鍋に入れる。

ゆっくり沸騰させて、しじみのうまみをしっかり出していく。

やがて、殻《から》がパカパカ開いてきた。

アクを取ったら、味噌を少しずつ加えて全部溶けたら完成だ。

「不思議な色のスープだな」

「ちょっと味見してみます」

コクンと飲む。

お、おいしい……一口飲んだだけで、濃厚な味が広がった。

「メルフィー、私にもくれ」

余韻に浸《ひた》っていると、ルーク様が羨《うらや》ましそうに言ってきた。

「どうぞ、お飲みください」

渡したお味噌汁を飲んだ瞬間、ルーク様は満面の笑みになる。

「どうですか、ルーク様？」

「これは美味い……美味いぞ、メルフィー。何というか、味や風味にとても奥行きのあるスープだ」

あの本を読むと、〝懐石料理〟はおもてなしに溢《あふ》れた料理ということがわかった。

温かい物は温かいうちに、冷たい物は冷たいうちにお出しするのだ。

今回のお料理にピッタリね。

「次は〝ブリの照り焼き〟を作ります」

「どんどん作りなさい」

付け合わせにネギも切りましょう。

ブリもネギも表面をしっかり焼くことが大切ね。

一番大事な〝たれ〟は、お砂糖、みりん、お酒、醤油で作ることにした。

ネギをフライパンで適度にひっくり返しながら炒《いた》める。

少しすると、こんがりおいしそうなきつね色になってきた。

焼きすぎないようお皿にあげたら、ブリの切り身を焼いていく。

じゅぅぅっと、食欲をそそる音が響いた。

「とても脂がのっていますね」

「こんなの美味いに決まっている」

ブリが焼けてきたら、作っておいた〝たれ〟を加える。

しばらく煮詰めていたら〝たれ〟がとろとろしてきた。

そろそろ良いかも。

〝たれ〟を塗って、ルーク様と一緒に味見をする。

「思った以上においしくできました」

「今まで食べたことがないような味つけだ」

ブリの表面はカリカリで、ふっくらジューシーに焼き上がっていた。

特製の〝たれ〟はほんのり甘い。

ブリとの相性は抜群だった。

「次は煮物を作りますね」

「ああ、頼む」

買ってきた根菜を並べる。

にんじん、ごぼう、レンコンだ。

皮をささっと剝《む》いたら、ザクザクと食べやすい大きさに切っていく。

そして、ごぼうは酢水に、レンコンは水に浸した。

「メルフィー。どうして、ごぼうとレンコンだけそんなことをする？」

「それぞれ、アク抜きと色が変わらないようにするためです」

「ふむ……」

今回は根菜以外にも、さやえんどうを用意しておいた。

鮮やかな緑色が良いアクセントになってくれるだろう。

これはすじをとったら、軽く茹でて準備完了だ。

「では、煮ていきますね」

鍋にさっき作った出汁を入れ、砂糖、醤油、みりんで味を調《ととの》える。

野菜たちを入れたら、コトコト煮込んでいく。

沸騰したら火を弱くして落《お》とし蓋《ぶた》をする。

そのうち、煮汁も減って野菜も柔らかくなってきた。

「味見してみましょう」

「私にも分けてくれ……美味いな」

ごぼうとレンコンはサクサクしていて、にんじんは柔らかかった。

甘い味が染み込んでいてとてもおいしい。

「最後は、椀物の〝じゃがいもと鶏そぼろのお汁〟ですね。玉ねぎとサンショウの芽も使うことにします」

「メルフィーは何でも作ってしまうな」

じゃがいもは皮を剝いたら茹でて柔らかくする。

スプーンでたくさん押し潰したら、マッシュポテトのようになった。

丁寧に丸めて小さなお団子にする。

玉ねぎは細かく切ったら、ミンチにした鶏肉とフライパンで炒める。

さらに出汁と醤油、みりんを加えて、水分を飛ばしていった。

火が十分に通ったら、マッシュポテトのお団子に詰め込む。

お椀に出汁と一緒に入れ、サンショウの芽を飾りつけたら完成だ。

「〝お味噌汁〟とはまた違ったスープですね」

「ああ、さっぱりしておいしい。それにしても、芋と肉の組み合わせは良いな」

食べていると、お団子が少しずつ溶けてきた。

「メルフィー、形が壊れてしまったぞ」

「大丈夫です。最後はポタージュみたいにして食べることもできます」

「なるほど……そんな味わい方もある料理なのか」

そうこうしているうちに、二時間くらい経《た》った。

そろそろ、〝鯛の昆布締め〟を食べてみようかしら。

一口食べた瞬間、私たちはビックリした。

「調味料を使っていないのに、ちゃんと味がついています」

「これはすごい料理だ。身も引き締まっていて美味いな」

出汁みたいな味が全体に染み込んでいる。

ソースなどをかけていないのに、とてもハッキリとした味わいだ。

「〝懐石料理〟にしてよかったです」

「陛下も喜んでくださるだろう」

それから何回か試作して、十分に納得いく出来になった。

「ルーク様、このメニューでお出ししようと思います」

「無事に完成してよかった。それにしても、君の作る料理は本当においしいな」

いよいよ、王様がいらっしゃるんだ。

ドキドキしてきた。

でも、心配することは何もない。

だって、ルーク様がおいしいと言ってくれたのだから。


そして、王様にお会いする日がやってきた。

ルーク様たちと一緒に、お迎えするため門のところでキチンと並ぶ。

私は緊張して、体がカチコチになっていた。

「お、王様にお会いするのは初めてです」

「メルフィー、そんなに緊張しなくていい。陛下は意外と気さくな方だ。それに、これは単なる食事会だからな。いつもどおりやってくれればいい」

「ルーク様がそう言ってくださると本当に安心します」

やがて、道の向こうから豪華な馬車がやってきた。

とても美しい白馬にひかれている。

「さて、陛下のご到着だ」

馬車は門の前でピッタリと停《と》まると、中からかっぷくの良い男性が降りてきた。

この国で一番偉い人、サンルーナ王だ。

「やあやあ、メルシレス卿《きょう》。相変わらず立派な屋敷だな」

「恐れ入ります、陛下」

ルーク様はうやうやしく膝《ひざ》をついた。

私も慌てて膝をつく。

「そして、こちらがウワサの天才料理人――メルフィー嬢かな？」

「は、はい、私がメルフィー・ランバートでございます。天才料理人だなんて身に余るお言葉です。本日は国王陛下のために、全力でお食事をご用意させていただきます」

私は前もって考えていた口上を言った。

特に失礼じゃないわよね？

「まぁ、楽にしなさい。メルシレス卿に貴殿の作る料理をいただいたことがあってな。我が輩はその美味さに驚愕したのだ」

「あ、ありがたき幸せにございます」

「それでは、陛下。大食堂にご案内いたします」

エルダさんたちが王様と側近たちを丁重にお連れしていく。

私もお屋敷に戻ろうとしたとき、ルーク様がさりげなく私に囁《ささや》いた。

「陛下たちの相手は私がするから、君は料理を作るのに集中してくれ」

「わかりました」

とは言ったものの、さすがにドキドキする。

今までにないくらい緊張してきた。

おいしく作れるかな。

どうしても心配になってしまう。

そうだ、こういうときは深呼吸するのよ。

まずは気持ちを落ち着けて。

私が深呼吸を繰り返していると、ルーク様が私の肩にポンッと手を置いた。

「大丈夫だ、メルフィー。何も心配いらない。君の料理は世界一美味しい。この私が保証する」

ルーク様の言葉を聞いて、手の温かみを感じて、私の心がどんどん落ち着いていく。

「ありがとうございます……ルーク様のおかげで気持ちが落ち着きました」

「今日はずっと料理をすることになるが、すまないな。疲れたらすぐに言ってくれ」

「お心遣いありがとうございます。ですが、私なら大丈夫です」

「では、私は先に食堂へ行っているよ。またあとでな、メルフィー」

「はい、またあとで」

私はキッチンに行き、気持ちを整える。

いよいよ、王様が私のお料理を召し上がるのね。

よし、頑張るのよ、メルフィー。

いつものように、パン！　と顔を叩いた。

「王様、本日は〝懐石料理〟をご用意いたしました」

私は大食堂に王様たちのお料理を運んだ。

みなさんピシッと座っていて、とても姿勢が良い。

「メルフィー嬢。〝懐石料理〟とはなんだ？」

王様たちは不思議そうな顔をしている。

「ここから遥《はる》か東にある、〝ニポン〟という国のお料理でございます」

私が言うと、みなさんはおおっ！　とざわついた。

「〝ニポン料理〟とはまた珍しいな。我が輩もいつか食べてみたいと思っていたぞ。どうやって、調べたのだ？」

「ルーク様が本を買ってくださったのです」

「ほう、メルシレス卿は良い趣味をしているな。我が輩もその本を読んでみたい」

「ええと、たしか本のタイトルは……」

私たちが話していると、ルーク様がそわそわし出した。

「陛下！　せっかくの料理が冷めてしまいますぞ！　メルフィーも早く料理の説明をしなさい！」

思い出そうとしたら、ルーク様に遮《さえぎ》られてしまった。

たしかに、雑談しているとお料理も冷めてしまう。

「こちらは白いご飯に、しじみのお味噌汁、鯛の昆布締めでございます」

お椀を王様たちの前に置いていく。

「メルフィー嬢、これはいったいどんな料理なのだ？　初めて見るスープだが」

王様たちは驚いた顔をしている。

「味噌という大豆から作られた調味料を溶かしたスープです」

「ふむ、大豆とな」

「陛下。お飲みになったらきっとビックリなさいます」

「では、さっそくいただくとしよう」

王様たちは揃ってコクンと飲む。


「「美味い！」」


その瞬間、王様たちの顔がぱあぁっ！　と輝いた。

側近や総料理長たちも、驚いて顔を見合わせている。

「これは初めて飲むスープだ。しょっぱい中にも、ほんのりとしたうまみがあって誠に美味い」

「今日お作りしたお料理には、昆布やかつお節の煮汁を使っているんです。〝ニポン人〟たちは出汁と呼んでいます。もちろん、このお味噌汁にも使っています」

私は用意しておいた昆布や、かつお節を見せながら話す。

王様たちは恐る恐る触っていた。

「かつお節はずいぶんと硬い食べ物だな。これが丸ごと入っているのか？」

「いいえ、薄くスライスしています。私たちは味つけに塩や砂糖を使うことが多いですが、〝ニポン人〟たちは食材から味を引き出すのが上手なんです」

「なるほど、それは面白い話だ」

さっきから総料理長は必死にメモを取っている。

味噌汁を飲み干すと、王様は興味深そうに鯛を見た。

「昆布締めとはまた聞いたこともない料理だ。見たところ、これは生の魚だが」

「はい。その名のとおり、昆布で味つけした鯛の切り身でございます。昆布の味が染み込んでいて、おいしいです」

「ソースなどはかけないのか。ずいぶんとシンプルな料理だ」

王様は無言でモグモグと食べている。

何もしゃべらないのでドキドキした。

「い、いかがでしょうか？」

「……実に美味い！　魚を生で食べるのは初めてだが、こんなに美味いとは思わなかったぞ。しかし、昆布も侮れないものだな、ハハハハハ！」

王様は笑顔で話してくれた。

他の人たちも嬉しそうに食べている。

それを見て、私はホッとした。

王様たちのペースに合わせるように、お料理を出していく。

「根菜の煮物でございます。こちらは今が旬のレンコン、にんじん、ごぼう、そしてさやえんどうを使っております」

煮物を並べる。

直前に作ったのでまだ温かかった。

王様たちは大喜びで食べていく。

「レンコンやごぼうはサクサクしていて、歯ごたえが最高じゃないか。にんじんは柔らかくて、味が染み込んでいるぞ。それにしても不思議な甘い味つけだな」

「これも出汁を使って味つけしております」

「いやぁ、メルフィー嬢の作る料理はどれも美味くて素晴らしい」

王様たちはとても上機嫌だ。

「お次は焼き物として、ブリの照り焼きをご用意しました」

「いいじゃないか。王宮では肉ばかりだからな。魚をたくさん食べたいと思っていたところだ」

王様はニコニコしていたけど、総料理長は表情が少し硬かった。

「どうぞ召し上がってください」

「では、さっそく……うまぁい。甘くてしょっぱくて、絶妙な味加減だ」

王様たちは最初にお出ししたご飯もガツガツと食べている。

たくさん炊いたのに、もうおかわりがなくなりそうなほどだった。

「最後に、椀物としてじゃがいもと鶏肉のそぼろで作ったお汁をご用意しました。食べているうちに崩れていくので、ポタージュのようにしてお食べください」

「濃い感じではないのに、しっかりと味がついているじゃないか」

「そちらも出汁を使っています」

「ほう、出汁とは素晴らしいスープだな。どんな食材にも合うではないか。いや、全てメルフィー嬢が作ったから美味いんだな」

王様たちはホクホクしている。

ルーク様も静かに笑いながら食べていた。

チラッと見ると微笑《ほほえ》んでくれる。

言葉では言われていないけど、なんだか褒《ほ》められている気がした。

「恐れ入ります、王様」

これで全ての料理をお出しした。

「も、もう食べられないぞ」

王様たちはお腹《なか》が満たされたみたいだ。

お食事会も終盤に差し掛かっていた。

「それでは、ニポン茶をどうぞ」

「これもまた初めて見る。ずいぶんと緑が濃い茶だ」

「やや渋みがありますが、紅茶やコーヒーより〝ニポン料理〟に合うお茶でございます」

王様たちはまたもや揃ってコクリと飲んだ。

みなさん、ふぅっと一息ついている。

とても満足げだった。

「王様、お出ししたお料理はいかがでしたでしょうか？」

「想像より遥かに美味かった。ありがとう、メルフィー嬢。我が輩は感動したよ」

王様は私と握手をしてくれる。

そして、周りの人たちもお礼を言ってくれた。

「私は宮殿で総料理長を務《つと》めておりますが、こんなにおいしい料理は初めて食べました。メルフィー嬢の下で修業したいくらいです」

「メルフィー嬢、あなたは相当の腕をお持ちですね」

「王宮に帰ったら他の貴族たちにも自慢してやります」

大食堂はワハハハ！　という笑い声に包まれる。

「我が輩にとっても今日は印象深い日になった。こんなに美味い食事が毎日食べられるなんて、メルシレス卿は世界一の幸せ者だな。誠に羨ましいことだ」

「恐れ入ります、陛下。私もメルフィーにはいつも世話になっています」

ルーク様も笑顔で王様とお話しする。

だけど、王様は不思議そうな顔をしていた。

しきりに胸のあたりを触っている。

どうされたんだろう？

「陛下、どうかされましたか？」

「いや……我が輩は胸に病気を持っているのだが。急に呼吸が楽になったような気がしてな」

王様が言うと、総料理長が驚いたような顔をした。

「王様もそうでしたか。私もここ最近、頭痛に悩まされていたのですが、たった今キレイさっぱりなくなりまして。いやぁ、奇遇ですな」

「私も目が悪かったんですが、いきなり遠くまでよく見えるようになりました。不思議なこともありますねぇ」

「おや、あなたもそうですか。私も膝が痛かったのが消えてしまいまして、どうしたんだろうと思っていたのです」

「実は私も肩が痛かったのがなくなりまして」

王様や総料理長、側近たちは揃って不思議そうな顔をしている。

きっと、〝聖女の加護〟が効いてくれたんだわ。

私が話そうとすると、ルーク様が説明してくれた。

「陛下、恐れ多くも申し上げます。メルフィーの作った料理には、〝聖女の加護〟が宿っているのです」

「〝聖女の加護〟⁉」

ルーク様が言うと、みなさんはとても驚いた。

「メルフィーの料理を食べると体の調子が良くなるのです」

「いや、しかしだな。国で一番の医術師も薬師も、誰一人我が輩の病気を治せなかったのだぞ」

「メルフィーの料理の力は、それ以上だったということです」

「なんと……それは真であるか、メルシレス卿？」

「私が保証いたします」

王様たちは驚愕の表情をしている。

でも、今回は体に良い特別な食材は使っていないような……。

私はルーク様にこっそり話す。

「ルーク様。今回のお料理では、スパイスなどは使っていないのですが……どうして、王様たちの病気は治ったんでしょう？」

「おそらく、君の〝聖女の加護〟は料理を作るたびに強くなっているんだろう」

そんな実感はなかったけど、ルーク様が言うんだからそうなんだろう。

「まさか、そんな力がこの世にあるとは……メルフィー嬢、貴殿の料理は神の恵みだな！　ハハハハハ！」

「お、恐れ入ります、王様」

王様たちは嬉しそうに笑っているけど、私は恐縮しっぱなしだった。

「ところで、総料理長。我が輩はこの料理がかなり気に入ったぞ。王宮でも同じ物が作れるかね？」

「も、申し訳ありません、陛下。これは私にも難しい料理です」

「そうか。総料理長でもできないとは……どうだ、メルフィー嬢。王宮付きの料理師にならないかね？　もちろん、待遇は保証する」

王様は嬉しそうに言ってきた。

王様直々にお声がけいただくなんて、大変名誉なことだ。

でも、どうしよう。

私はルーク様の専属シェフだし。

王宮には行けない。

お断りするしかない。

だけど、王様や側近の人たちはニコニコしている。

どうやってお断りすれば……でも、断ってしまったら、王様たちは怒らないかしら……。

「いや、私は……」

「お言葉ですが、陛下。メルフィーは誰にも渡しません」

私がお断りしようとしたら、ルーク様が強い口調で言った。

「メルシレス卿、どうしてもダメかね？　メルフィー嬢にとっても悪い話ではないと思うのだが」

「お言葉ですが、陛下。メルフィーは絶対に渡しません」

ルーク様はギロリと王様を睨《にら》んでいる。

「いや、そんなに怖い顔をしなくても……」

「メルフィーは私にとってなくてはならない存在なのです」

ルーク様は相手が王様にも拘《かか》わらず、とても強い口調で話している。

一歩間違えれば、自分の評価が悪くなってしまうのに……。

「そういえば、メルフィー嬢は貴殿の専属シェフだったな」

「たとえ陛下のご要望でも、メルフィーは私と専属契約をしておりますゆえ。王宮付きにするわけにはいきません」

ルーク様の鋭い目を見て、側近の人たちもビクビクしている。

「そうか……メルシレス卿がそこまで言うのなら仕方あるまいな……」

王様はしょんぼりしていたけど、すんなりあきらめてくれた。

私は静かにホッとする。

ルーク様と離れ離れになったら、どうしようと思っていたのだ。

「心より感謝申し上げます、陛下。どうしても、メルフィーだけは私の手元に置いておきたいのです」

「たしかに、これほどのシェフは手放したくないのもわかる。メルシレス卿、貴殿は素晴らしい人と出逢《であ》えたのだな」

やがて、お食事会はお開きとなった。

私とルーク様は王様たちをお見送りする。

「今日はありがとう、メルフィー嬢。誠に美味い料理であったぞ」

「恐れ入ります、王様」

「先ほども言ったが、貴殿の料理は絶品であった。また今日のような食事を食べさせてくれ」

王様は私とがっしり握手をしてくれた。

そして、側近の人たちや総料理長もこぞって握手してくれる。

「メルフィー嬢、あなたの料理は最高でした！　次はいついただけるんでしょうか⁉」

「この国に二人といない人材です！」

「ぜひ今度、王宮の厨房《ちゅうぼう》に来てください！　私たちもあなたみたいな料理を作りたいのです！」

「わっ、ちょっ」

あっという間に、私は囲まれてしまった。

ぎゅうぎゅうに押されて苦しい。

すかさず、ルーク様が助けに来てくれた。

「おい、何している。メルフィーから離れるんだ」

「これこれ、メルフィー嬢も困っているではないか。それくらいにしておきなさい」

王様は優しく笑いながら私たちを見ていた。

「それでは、メルシレス卿、メルフィー嬢。我が輩はこれにて失礼する」

「「お気をつけてお帰りくださいませ」」

そして、王様たちは帰っていった。

馬車が見えなくなったところで、私はようやく、ふぅっと一息つけた。

お食事会は成功……でいいのよね。

「メルフィー、今日は大役を見事に務めてくれたな。疲れたろう」

「何とか無事に終わってよかったです」

「陛下たちもとても喜んでいた。さすがはメルフィーだ」

「いえ、それほどでは、あっ……」

急にフラフラしてきた。

たぶん、思ったより緊張していたんだろう。

力が抜けて倒れそうになる。

地面にぶつかる……。

と、思ったとき、ルーク様にガシッと腕を摑《つか》まれた。

「大丈夫か、メルフィー」

「え、ええ、大丈夫です。すみません、力が抜けてしまって……きゃっ」

いきなり、ルーク様にひょいっと抱きかかえられた。

こ、これはいわゆる……〝お姫様抱っこ〟って言うんじゃないの？

「ジッとしていなさい。このまま君の部屋まで連れていく」

「あ、あの、ルーク様！　歩けますから！」

「おとなしくしていなさい」

敷地の中だから良かったものの、私は恥ずかしくてしょうがなかった。

顔から火が出そうだ。

卵が焼けるくらい。

「お、降ろしてください、ルーク様……恥ずかしくて……」

「いいから」

そのまま、ルーク様はズンズンと進んでいく。

でも、エルダさんたちがいなくてよかったぁ。

こんなところを見られたら何を言われるか……。

とそこで、不安になって聞いた。

自慢ではないが、私はお料理を残したことはない。

「あの……私、重くないですか？」

「心配するな。持てないほどではない」

それって重いってことですか？

とは聞けず、私は黙ってしまった。

少しでも軽くなるように余計な力を抜いて。

「メルフィー、そんなに硬くなるな」

だけど、力はまったく抜けていなかった。

ルーク様は私の寝室に入ると、とても優しくベッドに乗せてくれた。

そのまま、丁寧に毛布をかけてくれる。

「メルフィー、今日はもう休みなさい」

「ですが、ルーク様のお夜食が、まだご用意できていません……」

「私のことなど考えなくていい。君は自分の体のことだけ考えなさい」

そう言うと、ルーク様は足早に出ていこうとした。

だけど、部屋を出る直前、私は呼び止めた。

「あの……ルーク様」

「なんだ」

「王様からの申し出を断ってくれてありがとうございました。正直、どうお断りすればいいか迷っていました。それに、ルーク様があのように言ってくださって、私はとても嬉しかったです」

静かにお礼を言った。

「お礼を言うのは私の方だ。私は君のおかげで人間らしい温かい心を取り戻せた」

えっ？　と驚く私をよそに、ルーク様は話を続ける。

「私は幼い頃、両親と死別してな。早くから天涯孤独の身となった」

「……そうだったんですか」

「強く生きようとして、やり過ぎなほど気丈に振る舞っていたんだ。そんな日々を送るうち、私の心は氷のように冷たくなってしまった。それこそ〝心まで氷の魔術師〟と呼ばれるくらいにな」

ルーク様は寂しげに微笑んでいる。

「だが、君の料理を食べているうちに……いや、君の優しい気持ちがこもった料理を食べているうちに、私の心が溶けていくのを感じた。君がいなければ、私の心は未《いま》だに氷のままだった」

ルーク様は再びベッドに近づいてきて、私の手をそっと握ってくれた。

それは……不思議なくらい温かい手だった。

「この話をしたのは君が初めてだ。そして、この先も君以外に話すことはないだろう」

「ルーク様……」

しばしの間見つめ合う。

なんだか、私の心までポカポカと温かくなってきた。

「私は君にずっとこの家にいてほしいんだ。これからもよろしくな」

「私もいつまでもルーク様と一緒にいたいです」

「メルフィー、いつもありがとう」


そう言うと、ルーク様は寝室から出ていった。

私は心地よい眠りに就きながら思った。

ルーク様は冷酷公爵なんて言われていたけど、やっぱりそれはウソだ。

だって、こんなに優しいのだから。

【間章】

「ねえ、アバリチア。姫様はどんなお方だろうね。国一番の美人って話だよ。早くお会いしたいな」

「シャロー様ったら、そのお話ばっかりね。オホホホホ」

あたくしたちは王宮の中にある広場に来ていた。

今日ここで、シャロー様が魔法をお披露目するのだ。

そして、あたくしはオホホと笑っていたが内心怒っていた。

婚約者の前でそんなことを言ってどうするのよ！

「今日のために僕はずっと練習してきたんだ。それこそ、朝早くから夜遅くまでね。こんなに努力したことは今までないだろうよ」

「シャロー様ったら、ちょっとデレデレしすぎですわよ。オホホホホ」

さっきからシャロー様はずっと鼻の下を伸ばしている。

これはあとでお仕置きが必要ね。

広場には王族も集まっていた。

あたくしはさりげなく、だけど素早く周りを見る。

すると、一人だけ美男子がいた。

「どうしたんだい、アバリチア？」

「い、いえ！　何でもありませんわ！」

あたくしは他の人にバレないよう、美男子にサッとウインクを送る。

彼は一瞬ギョッとしていたけど、ぎこちなく笑い返してくれた。

シャロー様の魔法が終わったら、あのお方をお茶にでも誘いましょう。

「フローラ様がいらっしゃいました！」

そのとき、大きな声が響いた。

衛兵たちがビシッと姿勢を整える。

あたくしたちも慌てて背筋を伸ばした。

「き、緊張してきたね、アバリチア」

「い、いつもどおりやれば大丈夫ですわ。シャロー様、頑張ってくださいね」

シャロー様には絶対に失敗してほしくない。

あたくしの評判まで悪くなったら計画が台無しだもの。

やがて、広場の奥から侍女に付き添われた女性が出てきた。

いや、ちょっと……想像以上にキレイなんですけど。

「今日はようこそ来てくれましたね、シャローさん、アバリチアさん。私がフローラです、どうぞよろしくお願いしますわね」

「シャロー・フリックルでございます。お招きいただき感激でございます」

フローラ様はウワサどおり、いやそれ以上のものすごい美人だった。

銀色がかった腰まである長い髪、とても珍しい真っ赤《まっか》な瞳、小鳥がさえずるようなかわいい声。

女のあたくしでさえ見とれるほどだ。

「フローラ様……おウワサに違《たが》わず、大変お美しいですね……」

シャロー様はフローラ様をジッと見つめている。

あたくしを見るときより熱い視線を送っていた。

と、思ったら、ちゃっかり手にキスまでしている。

「ほら、アバリチアもご挨拶して」

おまけに、あたくしのことを偉そうに呼んできた。

「……アバリチア・ランバートでございます。よろしくお願い申し上げます」

「よろしくね、アバリチアさん」

イラつきを抑えてかろうじて挨拶する。

いつの間にか、あの美男子はいなくなっていた。

周りはオジサンばかりになり、あたくしはすごくムカムカしてきた。

「さっそく、シャローさんの魔法を見せてもらえますか？　私、とても楽しみにしてましたの」

「ええ、いくらでもお見せいたします。お望みとあれば夜が更けるまでずっと……」

「ウウン！　シャロー様！」

「というのは、もちろん冗談ですよ。ハハハハハ」

何がハハハハハよ、いい加減にしなさいよね。

「では、いきますよ！　《キャット》！　《ドッグ》！」

シャロー様が杖《つえ》を振ると、いつものように犬とか猫が現れた。

「きゃあ、かわいい！」

フローラ様はコロコロとお上品に笑っていた。

犬や猫がぴょんぴょん跳ねてフローラ様を楽しませる。

「どうですか、フローラ様。お楽しみいただいてますか？」

「ええ、見ているだけで本当に楽しいですわ！」

「それなら良かったです。この調子でどんどんいきますよ！」

シャロー様はあたくしといるときより楽しそうで、それもまたイライラする。

「あ、あれ？　変だな」

しばらくすると、徐々に魔力の動物の形がグニャグニャしてきた。

「シャローさん、動物たちが変ですわよ」

「しょ、少々お待ちください、フローラ様。こ、こんなはずじゃ……」

王族のオジサンたちもコソコソ話している。

「なんかおかしいな。魔法が得意って話じゃなかったのか？」

「あれじゃ大道芸以下だぞ」

「姫様の前であんな下品な魔法は見せられないな。早く下げさせろ」

ちょ、ちょっと、シャロー様、しっかりしてくださいな。

このままじゃ、あたくしの評判も悪くなるじゃありませんか。

「こ、このぉ！　しっかり動け！　それ、《ビッグ・ベア》！」

シャロー様が杖に思いっきり魔力を込める。

ひと際大きな熊が現れた。

「わぁっ、今度は熊ですの。さすがはシャローさんですわ」

「はぁはぁ……どうですか、フローラ様。ちょっと触られてみては？」

「おとなしそうな熊ですわね」

フローラ様は、そーっと手を伸ばしていく。

「きゃあっ！　痛い！」

「「姫様!?」」

いきなり、魔力熊がフローラ様に襲い掛かった。

白くてキレイな腕をズバッとひっかく。

そして、一瞬のうちに消えてしまった。

フローラ様の腕からダラダラ血が出ている。

「「た、大変だ！　すぐに医術師を呼べ！」」

今や、広場は大混乱で衛兵たちが走り回っている。

シャロー様はというと、みっともなくオロオロしているだけだった。

こ、これは……結構大変な事態なんじゃないの？

あたくしはイヤな汗が出てきた。

すると、シャロー様が大声で叫んだ。

「ご、ご安心ください！　こちらには聖女のアバリチアがいます！　こんな怪我、すぐに治してご覧にいれます！」

シャロー様は期待いっぱいの目であたくしを見ている。

広場にいる人たちも、いっせいにあたくしを見た。

「そうだった！　我々には聖女のアバリチア嬢がいた！　さっそく、治療をお願いします！」

「医術師を呼びに行くより早くて確実だ！」

「お呼びしておいてよかったですぞ！　今こそ〝聖女の力〟をお見せください！」

あたくしは王族や衛兵たちに、あっという間に囲まれる。

「いや、でも、あたくしは……最近調子が出なくて、医術師の方を待った方がよろしいかと……」

あたくしは必死に断った。

フローラ様の治療なんて責任の重い仕事は絶対にやりたくない。

「アバリチア嬢、そんなこと言わずに！　姫様は重傷なのだ！」

「〝聖女の力〟は大変に素晴らしいと聞いておりますぞ！　出し惜しみしないでいただきたい！」

「姫様を治せるのはお主しかいないのだ！　さぁ、お早く！」

王族たちはまったく引き下がろうとしない。

みんなしてあたくしを、それはそれは期待を込めた目で見ている。

こ、困ったわ……どうやって、切り抜けようかしら。

「何をやっているんだ、アバリチア！　早くフローラ様のお怪我を治すんだ！」

「あっ、ちょっと、待って……」

シャロー様まであたくしを強引に引っ張る。

あんたが怪我させたくせに、なんでこんなに偉そうなのよ。

「ほら、早くしなさい、アバリチア！　もう君しかいないんだよ！」

「そ、そんなことを言われましても……」

瞬く間に、フローラ様の前へ連れてこられてしまった。

「うっ……腕が……」

フローラ様はとても痛そうで苦しそうだ。

大きく切り裂かれた腕を見て、あたくしはドキッとした。

「フローラ様のお怪我は重そうだぞ……」

「血がたくさん出てしまっている……」

「大丈夫だ。アバリチア嬢は聖女なんだから、キレイに治してくださるさ……」

王族のオジサンたちは真剣な目であたくしを見ている。

こ、ここまで来たら、やるしかないじゃないの……。

シャロー様のせいでとんだ目に遭ってしまったわ。

「フローラ様、すぐに治して差し上げますからね」

「え、ええ……うぐっ……」

フローラ様の怪我はあの子どもよりずっとひどい。

な、治せるかしら……。

あたくしは心臓がドキドキする。

「アバリチア、何してるんだ！　早くして！」

「わかってますわよ……」

もう、シャロー様ったらうるさい！

あたくしは魔力を集中する。

少しずつ、自分の両手がぼんやり光り出した。

「おい、アバリチア嬢の手が光っているぞ！」

「呪文も唱えずに魔法が使えるとは！」

「まるで、見ているだけで癒《いや》されるようだな！」

王族のオジサンたちは喜んでいるけど、あたくしはイヤな予感がしていた。

な、なんか、光が弱くなっていない？

だけど、今さらやめるなんて到底できない。

手をフローラ様の腕に当てると、傷口がふさがり始めた。

「いいぞ、アバリチア！　やっぱり、君は最高の聖女だ！」

シャロー様はとても喜んでいる。

その調子の良さにあたくしは呆《あき》れてしまった。

「おおっ！　傷が治っていくぞ！」

「これが〝聖女の力〟か！　す、すごい！」

「アバリチア嬢は素晴らしい力をお持ちだ！」

王族も衛兵もみんな驚いている。

やっぱり、あたくしは選ばれし聖女だったのね。

フローラ様の傷は小さくなり、顔色も徐々に良くなっていく。

「アバリチアさん、あなたは素晴らしい力をお持ちなんですね。私の怪我が回復するのを感じます」

「フローラ様……」

あたくしは自信を取り戻して一安心した。

あとはこのまま魔力を注《そそ》いでいけば……。

「きゃあっ、痛い！　何が起こっているのですか⁉」

「ひ、姫様⁉」

と、思ったら、フローラ様の傷がどんどん広がり始めた。

「アバリチア嬢！　姫様の怪我が大きくなっていますぞ！」

「治してくれるのではなかったのですか⁉」

「これが〝聖女の力〟なのか⁉」

「いや、ちょっと、待って……」

お、落ち着きなさい、アバリチア。

慌てずにいつもどおりやるのよ。

しかし、魔力を注げば注ぐほどフローラ様の怪我が悪くなっていく。

そして、あたくしはどんどん焦《あせ》る。

こんなこと今までなかったのに……！

「おい、こいつをひっ捕らえろ！」

「聖女なんてウソだったんだ！」

「姫様の怪我を悪化させてるぞ！」

急に王族たちが慌ただしくなった。

いつの間にか、あたくしが悪者扱いされている。

「アバリチア、どうしてくれるんだ⁉　フローラ様のことをなんだと思っている！　この国の大切な姫様だぞ！」

挙句の果てには、シャロー様に怒鳴られた。

「何ですって！　元はと言えば、シャロー様のせいで……！　ちょっと、やめて！」

言い終わらないうちに、王族や衛兵たちがあたくしをフローラ様から引き剝がそうとする。

「こら、いい加減にしろ！　もう、そのインチキ魔法を使うな！」

「フローラ様が死んでしまったらどうするんだ！」

「離れるんだよ！　このウソつき魔女が！」

「い、痛いじゃないの！　触らないで！」

あたくしは必死に抵抗する。

今ここで離れたら、それこそ罪人にされてしまう。

何としても、フローラ様の怪我を治さないと！

渾身《こんしん》の力を注ぎ込む。

「はあああ！」

あたくしの手の平が眩《まばゆ》いばかりに輝く。

でも、血が止まる気配はまったくない。

フローラ様の顔はもう真《ま》っ青《さお》だ。

こ、このままでは本当に死んでしまうわ。

ど、どうしよう……。

「おーい！　医術師を連れてきたぞ！」

すると、広場の向こうから、王宮直属の医術師たちが走ってきた。

先頭にはあの美男子がいる。

医術師を呼んでくれたんだ。

顔だけじゃなくて判断力にも優れているのね。

シャロー様なんかより、あの人の方がずっといいわ。

そのとき、医術師団の後ろから、かっぷくの良い男性が出てきた。

この国で一番偉い人。

それは……。


「「へ、陛下⁉」」


国王陛下がやってきた。

「フローラ、大丈夫か⁉　しっかりしろ！　おい、急いで治療を開始しろ！」

「はい、今すぐに！」

王宮直属の医術師たちが、フローラ様を治療しながら連れていく。

はぁ……良かった。

と、思ったら、王様が歩いてきた。

とても怖い形相《ぎょうそう》をしている。

「貴様ら……フローラに招待された貴族だな……魔法で芸ができるとか。そっちにいる令嬢は、聖女らしいな……なぜ、フローラがあんなことになっている……？」

王様は怒りで顔が真っ赤だ。

周りにいる王族のオジサンや衛兵たちも黙りこくっている。

シャロー様もブルブル震えていた。

「お、王様。これはちょっとした事故でして……僕の魔法がたまたまフローラ様に怪我を……」

「あたくしもなぜか調子が悪くて……」

「これはどういうことだ！！！」

王様の怒鳴り声が広場中に響いた。

「お前たちのせいで、フローラは傷物になるところだったのだぞ！　いや、それどころか死んでいたかもしれん！」

あっという間に、あたくしたちは王宮の広場で捕らえられた。

想像以上の強い力に体が痛い。

情け容赦なんて微塵《みじん》もなかった。

「で、ですが、陛下……あたくしはフローラ様のお怪我を治そうと必死に……」

「そ、そうです、陛下。アバリチアは姫様のため、懸命に……」

「その結果、より悪化させたではないか！」

またもや、すごい剣幕で怒鳴られた。

周りを見ると、王族たちがあたくしたちを汚い物でも見るように見ている。

ど、どうして、こんなことになったのよ……。

そうだ、シャロー様の魔法が失敗したからだ。

その瞬間、あたくしは自分の婚約者が猛烈に憎くなった。

「元はと言えば、シャロー様のせいではありませんか！　肝心なところで失敗しないでよ！」

「なんだって⁉　僕が悪いって言うのかい⁉」

「全部あんたが悪いのよ！　ガブッ！」

「うわぁ、何をするんだ、アバリチア！　いたっ、やめなさい！　だ、誰か助けて！」

あたくしはシャロー様に噛《か》みつく。

この人だけはタダではすまさないわよ！

「ええい、黙らんか‼　衛兵、こいつらの動きを封じろ‼」

「陛下の前で無礼だぞ！」

「暴《あば》れるな！」

「おとなしくしろ！　この暴力女！」

衛兵たちがさらにのしかかってきて、あたくしたちは地面に強く押さえつけられた。

ドカッと顔が地面にぶつかってとても痛い。

あたくしは屈辱感でいっぱいになる。

こんなに乱暴な扱いを受けるなんて……。

「うぐっ……そ、それで……フローラ様はどうなったのですか？」

あたくしは恐る恐る聞く。

もし、亡くなったりしたら……しょ、処刑されちゃうかも。

「ジークが呼んでくれた医術師のおかげで、何とか一命は取り留めた」

生きていると聞いてホッとした。

え、ちょっと待って、ジーク様？

王国の王太子じゃないの。

すると、王様の陰から例の美男子が出てきた。

そういえば、どことなくフローラ様に似ている。

「よくもフローラを苦しめてくれたな。この悪女め」

しかし、ジーク様はあたくしのことをものすごく怖い目で見ている。

そ、そんな……あと一歩で、あたくしは王妃になれたかもしれないのに……。

「貴様はランバート男爵家の令嬢だったな」

「は、はい、そうでございます、陛下」

どうして、王様はそんなことを聞くんだろう？

そ、そうだ、もしかして……、とあたくしは気持ちが明るくなった。

きっと、聖女としての慈善活動が王様の耳にも入っていたんだわ。

その行いに免じて、あたくしを見逃してくれるのよ。

「貴様はメルフィー嬢とはまったく違う愚か者だな。メルフィー嬢はあんなにも素晴らしい人物なのに、貴様ときたらなんだ。恥を知れ」

え……？

ちょ、ちょっと、どうしてお義姉様《ねえさま》の名前が出てくるのよ。

メルフィーと聞いて、シャロー様も顔を上げた。

「し、失礼ながら王様。なぜ、メルフィーのことをお話しになられるのでしょうか？」

「以前、メルフィー嬢の手料理を食べたのだ」

王様はまたもや衝撃的なことを言ってきた。

て……手料理……？　お義姉様の……？　で、でも、どうして？

だって、お義姉様は冷酷公爵の屋敷に追放したのよ。

王様に手料理を食べさせることはおろか、話すことさえできないはずなのに。

あたくしはビクビクしながら尋ねる。

「お、王様、どこで召し上がられたのでしょうか？」

「メルシレス卿の屋敷だ。彼女はメルシレス卿の専属シェフになっている」

その言葉を聞いて、あたくしたちは愕然とした。

「「れ、冷酷公爵の屋敷で……？」」

なんで、冷酷公爵のシェフなんかできてるの？

とっくに追い出されているんじゃないの？

「い、いや……でも、お義姉様は行き場をなくして、貧乏暮らしをしているんじゃ……」

「そ、そうです、王様。あの地味な〝飯炊き令嬢〟が、専属シェフなどできるはずがありません」

「黙れ！　メルフィー嬢を悪く言う者は我が輩が許さん！」

王様に怒鳴りつけられ、あたくしたちは震え上がる。

「メルフィー嬢はメルシレス卿の下で幸せに暮らしておるわ！」

「「そ、そんな……」」

「貴様らはメルフィー嬢を無理やり家から追い出したと聞いたぞ！　おまけに、毎日料理を強要していたようだな！」

ま、まずいですわ……お義姉様を追い出したことまで知っているなんて。

何とかして、この場を切り抜けないと。

あたくしはこれ以上罪を増やさないよう必死だった。

「で、ですが……それは仕方なかったことなのです！　あたくしたちはお義姉様に苦しめられていました！　彼女はあたくしたちの食事に毒を盛ったのです！」

「え……？　ね、ねぇアバリチア、そんなことあったっけ？」

シャロー様は小声で呟《つぶや》いてきた。

あたくしはこのボンボンをきつく睨む。

こうなったらお義姉様を悪者にして、あたくしたちだけでも助かるのよ。

「そ、そうでございます。あの女は僕たちを殺そうとして……」

「いい加減にしろ！！！」

広場が壊れるかと思った。

これほどの怒鳴り声を聞いたのは、あたくしも生まれて初めてだ。

「貴様らには心底がっかりしたぞ。フローラに怪我を負わせ、メルフィー嬢を家から追い出し、挙句の果てには虚偽の発言を繰り返す。これほどまでに愚かな者たちは我が輩も見たことがない」

王様は怒りを通り越して、もはや呆《あき》れ果《は》てていた。

で、でも、このお説教をやり過ごせば、また元の生活に戻れるわ。

王族と結婚する計画はダメになったけど、あたくしにはシャロー様がいる。

伯爵家で我慢してやるわ。


「お前たちの家の爵位は剝奪する！　二度と貴族を名乗るな！」


え……？　な、なんですって……？

想像もしていないことを言われ、思わず絶句した。

家が爵位を失ったら、あたくしは単なる庶民の娘になってしまうじゃない。

「そ、それだけはご勘弁ください！　どうか……どうか、もっと寛大な処分を！　あたくしはこの国のためなら何でもいたします！」

「僕も今よりさらに魔法に精進します！　素晴らしい魔法をご覧にいれます！　ですから、お願いします！　お考え直しください！」

「黙れ黙れ！　お前たちには失望した！　もう顔も見たくないわ！」

こ……こんな厳しい処分が下されるなんて……でも、まだ挽回《ばんかい》できる。

お説教が終わったら、さっそく適当な貴族に取り入ってやるわ。

聖女と聞いたらどこの家も欲しがるでしょう。

あたくしは絶対、庶民なんかには成り下がらないわ。

しかし、王様の口からさらにとんでもないことが言われた。


「お前たちは監獄行きだ！　一生、牢《ろう》から出てくるな！」


え……？　監獄行き？　このあたくしが？

いや、きっと質《たち》の悪い冗談よ。

だって、あたくしは聖女なんですもの。

いくら王様でもそこまではしないわよね。

「お、王様、どういうことでございましょうか？　さすがに投獄というのは行き過ぎているかと」

「フローラ様も命に別条はなかったということですから、僕たちもお見逃しのほどを……」

「黙れ！　どの口が言うか！」

王様に再び怒鳴りつけられ、あたくしたちは縮み上がる。

その目は怒りでいっぱいなのがイヤでもわかった。

ほ、本気なんだ……。

暗い牢獄で、おばあさんになるまで暮らす……。

そ、そんなの絶対にイヤ！

と、そこで、あたくしは素晴らしい考えを思いついた。

「お、王様！　そんなにお気持ちを昂《たかぶ》らせてはお体に障りますわ！」

たしか、王様には胸の病気があったはずよ。

ウワサだと不治の病《やまい》らしくて、偉い医術師たちも治せないんだとか。

一度王様を引っ込ませて、何とか時間を稼《かせ》ぐしかない。

「別に問題ない。もう治っておる。メルフィー嬢の作る料理には〝聖女の加護〟があるのだ。彼女の作る料理を食べて、我が輩の病気も無事に治った」

は……？

と、あたくしは固まってしまった。

「いったい、それは……お義姉様のお料理で病気が治ったのですか……？　どうして……？」

「おそらく貴様の〝聖女の力〟や、その愚かな男の魔法も、全てはメルフィー嬢の料理を食べていたから使えたというわけだ」

お義姉様のお料理に〝聖女の加護〟があった？

さっきから、王様は何を言っているの？

「お義姉様のお料理に、そんな力があるわけ……」

で、でも、ちょっと待って。

〝聖女の力〟が弱ったのって、いつからだっけ？

お……お義姉様を追放してからよ。

その後は、もちろんあの人の料理なんか食べていないわ。

そして、今や〝聖女の力〟はほぼ消えてしまった。

王様の言うように、お義姉様の料理を食べなくなってから〝聖女の力〟は弱くなった？

あたくしは震える声で、シャロー様に尋ねた。

「シャ、シャロー様の魔法が使えなくなったのは、いつ頃からでしたっけ？」

「メ、メルフィーを追い出してからだ……」

そ、そうだ……それもお義姉様を追放してからだ。

本当に、全部……お義姉様のおかげだったの？

「そ、そんなこと……あり得ませんわ……」

あたくしは叫んだつもりだったのに、呟くような声しか出なかった。

「ええい！　こいつらを連れていけ！　監獄に閉じ込めるのだ！」

王様の合図で衛兵たちが、あたくしとシャロー様を無理矢理掴み上げた。

そのまま、牢獄へ連れ去ろうとする。

「陛下、それだけはおやめください！　あたくしは何でもいたしますから！」

「お願いします！　どうか、僕たちをお許しください！」

しかし、もはや王様はあたくしたちを見ていなかった。

王宮へ向かってスタスタと歩いていく。

代わりに、衛兵があたくしたちを乱暴に引きずっていった。

「黙れ！　この愚か者ども！　一生、外に出てくるな！」

「お前らのせいでフローラ様は死ぬところだったんだぞ！」

「さっさと歩け！　広場が汚れるだろうがよ！」

「「助けてー、陛下ー！」」

そのまま、あたくしたちは監獄へ連れていかれた。

□□□

ここに閉じ込められてから、もうどれくらい経《た》ったのだろう。

暗くてジメジメしているし不快でしょうがない。

「ぎゃあっ、ネズミ！」

あたくしの足元をネズミが走っていった。

慌てて壁にしがみつく。

すると、手を何かが這《は》う感触があった。

「ぎゃあっ、虫！」

壁にはムカデみたいな気色悪い虫がうじゃうじゃいる。

こんなところ、今すぐにでも出ていきたい。

「シャロー様、どうにかして！」

「どうにかって……もうどうしようもないんだよ、アバリチア……」

しかし、シャロー様は抜け殻のように座り込んでいる。

まったく、この男はもうダメね。

あたくしだけでも脱出しないと。

それにしてもお腹が空いたわ。

「ほらよ、今日のメシだ！」

「ありがたく食えよな、ハハハハハ！」

「豚の餌よりはマシだと思うぜ！」

そのとき、衛兵たちがドアの隙間《すきま》から食事を出してきた。

真っ黒に焦《こ》げたまずそうなパンと、豆が潰れた汚いスープだ。

「ちょっと、なによこれ！　こんなものを食べさせようっての！」

「うるせえ！　口答えするんじゃねえよ！」

「文句あるならそこら辺にいる虫でも食ってろ！」

「お前みたいな罪人にはこれくらいがちょうどいいんだよ！」

衛兵たちは怒鳴りつけると、そのまま行ってしまった。
こんなもの絶対に食べてやるもんか！
それから、あたくしはずっと空腹を我慢していた。
だけど、時間が経つにつれてお腹はどんどん空いてくる。
「しょうがないわね。少しだけでも食べましょう……」
空腹に耐えかねて、あたくしはパンをかじる。
「うげえっ！　まずい！」
噛んだ瞬間吐き出してしまった。
苦くて苦くて仕方がない。
パサパサに焦げた味と臭いで、もはやパンですらない。
こ、これは本当に食べ物なの？
あたくしは豆のスープを飲んでみる。
「げえ！　こ、こっちもすごくまずい！」
冷たい上に苦くてしょうがなかった。
潰れた豆の食感が途方もなく気持ち悪い。
ベチャベチャしているし、イヤな臭いまでしていた。
とても食べられたような物じゃない。
こ、こんなの食べられるわけ……。

あっ、そうだ。

「シャロー様、何か食べる物を持っていませんか？」

「持っているわけないだろう……アバリチア……」

わずかな希望を持って聞いたけど、案の定何もなかった。

そこで、あたくしはようやく自分の状況を理解した。

もしかして、この先ずっとこんなご飯を食べていかなくちゃいけないの……？

その瞬間、あたくしは惨めで辛《つら》くて涙がボロボロ出てきた。

「うっうっ……お義姉様のご飯が食べたい……」

今思えば、お義姉様のお料理は最高においしかった。

家から追い出したり、シャロー様を奪ったりしなければ、こんなことにはならなかったのに……。

あたくしは、いつまでもいつまでも後悔していた。

【第十章：～感謝のアクアパッツァと愛アイス～】

「公爵様はああ見えて力があるんですね。僕もあのようなことがサラッとできるようになりたいです」

「メルフィーちゃんをひょいと抱えていたっけ。それも、とっても大事そうに」

「まるで小鳥を持つようだったね。アタイはずっとドキドキしていたよ」

『メルフィーはまるで本物の姫様みたいだったぞ。だとすると、ルークは王子様ってことだな』

〝お姫様抱っこ〟事件はしっかりみんなも見ていたらしい。

後日、ニヤニヤしながらからかわれた。

「もう、忘れてください。思い出すたびに恥ずかしくなるんですから」

「『まぁまぁ、そう言わずに』」

結局、みんなが忘れてくれることは一度もなかった。

そして、王様たちにはたまにお料理を振る舞っている。

いつも喜んでくれて嬉《うれ》しかった。

「メルフィー、今から私がキッチンを使う」

そんなある日、ルーク様が突然言ってきた。

ルーク様がキッチンを使う……。

私はとても驚いてしまった。

「ど、どうしてですか？」

「どうしてって……料理をするに決まっているだろう」

ルーク様が料理をなさるなんて、今までなかったのに。

「ですが、そろそろルーク様のお夕食を作ろうと思っていまして、今からキッチンを使おうかと……」

「いや、それには及ばない。君は私の食事を作らなくていいんだ」

作らなくていい？

え、なんでだろう。

料理を断られたのは初めてのことだ。

今日は外で食べてきたのかな？

と、そこで、とても恐ろしいことに気がついてしまった。

ま、まさか……。

「も、もしかして、私はもう用済みだから出ていけってことですか⁉　申し訳ありません、どうかそれだけは！　至らない点があったら、今すぐに直します！　ですから、あともう少しだけここに……！」

「違う！　だから、どうしていつもそうなるんだ！」

「で、でしたら、なぜ……？」

あいにくと、私にはその理由がよくわからなかった。

今日から自炊なさるってこと？

ルーク様はゴホンと咳払《せきばら》いすると、顔を真《ま》っ赤《か》にしながら言ってきた。


「今日は私が……メルフィーに料理を振る舞う」


その言葉を聞いて、私はさらに驚いた。

「ルーク様が私にお料理を作ってくださるのですか？」

「だから、そう言っているだろうに」

ルーク様は呆《あき》れたような顔をしている。

「で、ですが、どうして……？　ルーク様に作っていただくわけには……」

「いや、いいんだ。いつもメルフィーに作ってもらっているからな。たまには、私に作らせてくれ」

「ルーク様が手料理を振る舞ってくださるなんて……私、とても嬉しいです！」

期待を込めた目でルーク様を見る。

こんなに心が昂《たかぶ》ったのは初めてだ。

見ているだけなのに、ルーク様はドギマギしている。

「そ、そんな目で見るんじゃない、メルフィー」

「ルーク様のお料理はおいしいに決まっています！」

「ま、まぁ、あまり期待しないでくれ」

ルーク様の手料理かぁ。

初めていただくなぁ。

どんなお料理が出てくるのかワクワクする。

そのとき、私は気づいた。

もしかして、ルーク様も同じような気持ちだったのかな。

「絶対に入ってくるな」

ギロリと睨《にら》むと、ルーク様は私を追い出してキッチンに閉じこもってしまった。

「あんなに怖い顔しなくてもいいのに……」

さっそく、ドンガラガッシャンと、ものすごい音がする。

「うわっ、あつっ！」とかいう、ルーク様の声も聞こえてきた。

だ、大丈夫かしら？

でも、絶対に入るなと言われた以上、ここにいるしかなかった。

ドキドキしながら食堂で待っていると、エルダさんたちがやってきた。

「公爵様がお料理をなさるなんて今まで一度もなかったよ」

「僕もこれが現実なのか夢なのかわからないくらいです」

「まさか、公爵様が自分で作られるなんて……」

みんなはひたすらに驚いていた。

ルフェードさんも窓から顔を覗《のぞ》かせている。

『すごいじゃないか、メルフィー。ルークの手料理なんて俺も食べたことがない。というか、アイツって料理できるんだな』

「私へのお礼って言ってくれました」

『お礼に手料理か。アイツが作るなんて、メルフィーのことをよっぽど大切に想《おも》っているってことだな』

ルーク様はいったいどんなものを作ってくれるのかな。

心がウキウキしてきた。

こうやってお料理を待てるなんて、私は幸せね。

「最近、公爵様がコソコソしていたと思ったら、この日のために準備していたんですね」

「まさか、メルフィーちゃんのご飯を作るためとは思わなかったけど」

「市場でも公爵様の目撃情報が多発してたのさ」

私は気づかなかったけど、予兆があったみたいだ。

と、そこで、ルフェードさんがコッソリ話しかけてきた。

『アイツはいつもメルフィーの料理をメモしていたんだぞ』

「え、ルーク様が……？」

『秘密の日課さ』

やがて、ルーク様がキッチンから出てきた。

ドームみたいな銀の蓋《ふた》を被《かぶ》せたお皿を持っている。

「待たせたな」

気がついたときには、エルダさんたちはいなくなっていた。

気を利《き》かせてくれたみたいだ。

「す、すごい……おいしそうな匂いがします」

「一応、今の私の持てる力を全て使って作ったものだ」

いつも冷静なルーク様が、ドキドキしているのが伝わってきた。

もしかして、私が初めてルーク様にご飯を出したときもこんな感じだったのかな。

「メルフィー。私の手料理を……食べてくれるか？」

ルーク様は緊張した面持《おもも》ちでお皿を並べた。

こんなルーク様の表情は初めてだ。

もちろん、答えは決まっている。

「はい、喜んで食べさせていただきます！」

「〝感謝のアクアパッツァ〟だ」

ルーク様は私の前で、そっと銀の蓋を外した。

お皿の真ん中には大きなマダイがのっている。

ホカホカと湯気が上っていて、いかにもおいしそうだ。

「うわぁ、アクアパッツァですね！　おいしそうです！」

「君が私のために初めて作ってくれた料理だ」

「覚えていてくださったんですか」

「わ、忘れるわけがないだろう」

ルーク様は顔が真っ赤になっている。

そうか、このアクアパッツァから全ては始まったのね。

お料理を眺《なが》めていると、今までの出来事が思い出されるようだった。

「とっても嬉しいです、ルーク様」

「君が作ってくれた料理を思い出しながら作ってみたんだが……なかなか上手《うま》くいかないものだ」

ルーク様はハハハと照れ笑いしている。

アクアパッツァは私たちの思い出の料理になったんだ。

「では、いただきます」

ルーク様のアクアパッツァを食べてみる。

マダイはふわふわして、それなのに身がギュッと引き締まっている。

一口食べた瞬間、潮《しお》の香りがした。

「ルーク様、おいしいです！　スープが染み込んでいて栄養満点って感じです！」

「そ、それは良かった」

私はパクパクと食べていく。

あぁ、こんなにおいしい物を食べられるなんて幸せだなぁ……。

「味つけもあのときのアクアパッツァと同じですね！」

「君の真似《まね》をして塩などは使わなかった」

スープには食材のうまみが凝縮されている。

「食べるたびに元気が出てきます」

「まぁ、それでも君が作る方が美味《うま》いと思うが」

「いいえ、私のよりずっとおいしいですよ」

そして、マダイの周りにはあの食材が並んでいた。

こ、これは……。

「ルーク様、あのときの食材がたくさん入っています」

「君のアクアパッツァには本当に感動したのだ」

ちっちゃくてチェリーのようなトマト、健康そうな緑のピーマン、大きなマッシュルーム、パワーが出そうなにんにく、太くて大きいズッキーニ、海の幸のアサリとムール貝。

全部……私が作ったとおりだ。

「こんなところまで再現してくれたのですか」

「なるべく、君が作ってくれたようにしたくてな。私は未《いま》だにあの味が忘れられないのだ」

「ルーク様……」

マダイはちょっと焦《こ》げていたけど、そんなの全然気にならない。

海のおいしさと山のおいしさの両方が美しく調和していた。

大事に大事にアクアパッツァを食べていく。

ルーク様が作ってくれたことが何より嬉しかった。

「メルフィー、まずくないか？　もし口に合わなければ残してもらっていい」

「ルーク様、まずくなどありません。感動するくらいおいしいです」

「そうか……良かった……」

ルーク様はふぅっと大きくため息をついた。

とても安心した顔をしている。

そのとき、私はあることに気がついた。


「誰かにお料理を作ってもらったのは……ルーク様が初めてです」


そうだ。

私はずっと作る側の立場だった。

「なんだか……幸せな気分になりますね」

「そうだな。私はいつも今の君のような気持ちになっていた。私は君に出逢《であ》えて、その幸せに気づけたのかもしれない」

「私はルーク様と出逢えて本当に良かったです」

「それは私のセリフだ。私こそメルフィーと出逢えて本当に良かった」

ルーク様は照れ笑いしている。

いつの間にか、こういう表情を見せてくださるようになった。

「ルーク様のおかげで私も幸せな気持ちになれました」


私たちはしばしの間見つめ合う。

なんだか心がふわふわしてきた。

「ところで、まだ料理はある」

「え？　他にも用意してくださったのですか？」

「ここで待っていなさい」

そう言うと、ルーク様はまたキッチンに入った。

ドンガラガッシャンと大きな音がした後、しばらく静かになった。

今度は何を作ってくださるのかな？

と思ったら、急に食堂が寒くなった。

「どうしたんだろう？　すごく寒い……」

だけど、すぐに元どおりの温度になった。

少ししてルーク様が出てきた。

手には小さなカップを持っている。

そして、その上には……。

「愛アイス」

「え？」

こぢんまりとしたバニラアイスがのっていた。

「ほら、君は料理に名前をつけるだろう……あれだよ。このデザートは〝愛アイス〟と名付けた」

私は嬉しくて言葉が詰まりそうになる。

「それは……素敵な名前ですね」

「食べてくれるか？」

「はい、もちろん……いただきます」

さっき周りが寒くなったのは、この素晴らしいデザートを作ってくださったからね。

ルーク様のアイスを食べる。

一口食べた瞬間、すぐにわかった。

アイスはとてもしょっぱかった。

たぶん、塩と砂糖を間違えちゃったんだ。

そしてカチンコチンになっていて、口が凍りそうなほど冷たい。

だけど、食べていると心が温かくなってきた。

ルーク様は心配そうな顔をして私を見ている。

「ど、どうだ、メルフィー。美味いか？」

「……ぐすっ」

感動して自然に涙が出てしまった。

我慢しようとしてもポロポロ流れてしまう。

「どうした、メルフィー！　な、泣くほどまずいのか⁉　すぐに口直しを！　でも他には何も用意していないし！　ああ、どうすれば……！」

ルーク様はあたふたしている。

その様子がおかしくて、私は笑ってしまった。

「……違うんです、ルーク様。こんなにおいしい物を私は食べたことがありません」

涙を拭《ぬぐ》い笑顔で答えた。

この味を私は一生忘れないだろう。

ルーク様の手料理は本当においしい。

だって、そこにはたくさんの愛が詰まっているのだから。

【第十一章：～メルフィーとルークのケーキ～】

「『お二人とも本当におめでとうございます！』」

『良かったな！　メルフィー、ルーク！』

「とうとうこの日が来たんだね……アタイはもう胸がいっぱいで……オヨヨ……」

私とルーク様がお庭に出ると、みんなが拍手で迎えてくれた。

ミケットさんはオヨヨと泣いている。

今日はお屋敷《やしき》で小さいけれど、特別なパーティーが開かれていた。

「ありがとう、みんな」

「ありがとうございます」

私とルーク様はゆっくりと歩いていく。

お庭の真ん中には、豪華に飾りつけられたテーブルが置かれていた。

テーブルだけじゃない、お屋敷の壁もキレイに飾られている。

全部、みんなと一緒に準備した。

「すまないな、メルフィー。まだいろいろと立て込んでいるんだ。正式な契りを交わすのは、少し先になるかもしれない」

「いえ、私はとても嬉《うれ》しいです」

ルーク様はいつもの黒っぽい格好ではない。

蒼《あお》い髪が映える、美しい白色の服を着ていた。

私も普段着とは違い、ちょっと豪華なドレスだった。

エルダさんたちが街で見繕ってくれたのだ。

ルフェードさんがにんまりしながら近寄ってくる。

『いやぁ、まさか、ルークが婚約式を開くなんて言うとはなぁ。そんな焦《あせ》らんでもいいのに』

「なに、早めに予約しておこうと思ってな」

『予約って……別の言い方をしてくれ』

二人のやり取りが面白くて、私はフフフと笑った。

そのまま、ルフェードさんがテーブルまで案内してくれる。

「「お待たせしました！　ケーキでございまーす！」」

すると、エルダさんとリトル君が、三段重ねの大きいケーキを持ってきてくれた。

真っ白なクリームに、たくさんのイチゴがのっかっている。

このケーキもルーク様と一緒に作った。

怪我《けが》をなさらないようにするのが大変だったけど上手にできた。

ルーク様が塗ってくれたところのクリームは、少しぐちゃっとしている。

でも、私はこれ以上素晴らしいケーキを見たことがない。

「メルフィー、このケーキの名前は何にしようか」

「そうですね。できたら、ルーク様に名付けていただきたいです」

「では……〝メルフィーとルークのケーキ〟とするか」

あまりにもそのまんまなので吹き出しそうになった。

ルフェードさんたちも笑いをこらえている。

だけど、ルーク様はとても嬉しそうだ。

ご満悦といった感じでニコニコしている。

「『では、入刀をお願いしまーす！』」

「もう涙で前が見えないよ……オヨヨ」

『前から思っていたが二人ともお似合いだぞ！』

みんなに祝われながら、私たちはキッチンナイフを握る。

「メルフィー、準備はいいか？」

「はい、ルーク様」

私はルーク様と一緒にケーキにスッとナイフを入れる。

わあああ！　と、みんなが拍手してくれた。

いくつかに切り分けたところで、みんなも席に着いた。

「ほら、メルフィー」

ルーク様はフォークで、サクッと一口サイズに切り取る。

フォークを持ち上げたまま、私の顔をジッと見てきた。

「あの、どうされたんですか、ルーク様？」

「あ、いや……やっぱりやめよう」

ルーク様はもじもじしている。

『ほら、ルーク』

ルフェードさんにつつかれ、ルーク様は恥ずかしそうにそっと言ってきた。


「……せっかくだから、食べさせてあげようと……思ったのだ」


その瞬間、私は嬉しくて胸がはち切れそうになった。

「嫌だったら、無理にとは言わないが……」

「とんでもありません、ルーク様！　いただきます！」

ケーキを引っ込める前に、急いでパクッと食べる。

「ど、どうだ、メルフィー。美味《うま》いか？　私が切り取ったから味が変わったかもしれんが」

そんなわけないのに、ルーク様は神妙な顔をしていた。

もちろん、答えは一つに決まっている。

「……はい！　とってもおいしいです！」

大切な人と作ったケーキは甘くておいしくて、私の心が幸せで満たされていく。

私がここへ来たように、人生には何があるかわからない。
それでも、みんなの笑顔を見ていると信じられる。
この幸せな生活は、これからもずっとずっと続いていくのだと……。

【書き下ろし：ルフェードの一日】

『ふわぁぁ……もう朝か』
俺はいつも日の出と一緒に起き、眠くなったら眠る。
自然の中で生きる者としては、これが一番体の調子が良《い》いんだ。
俺は朝起きたらまず水浴びをすることにしていた。
森の泉に行って朝の新鮮な水をかぶる。
『……ふぅぅ』
潜ったりなんだりしていると、体が目覚めていくのを感じた。
朝の一番気持ちいい瞬間だ。
病気にかかっているときは、こんなことすらできなかった。
これも全部メルフィーのおかげだな。
彼女がいなければ、俺もどうなっていたかわからない。
きっと、神が遣わしてくれた天使なんだろうな。
そんなことを考えていたら、朝の日課が終わった。
『さて……メルフィーのところに行くか』

屋敷《やしき》へ向かって歩き出す。
朝ご飯を分けてもらうのだ。
今までは森の小動物や果物なんかを食べていた。
だが、メルフィーの料理の方が何十倍もおいしい。
だから、彼女が来てからは毎日ご飯を貰《もら》うようになっていた。
屋敷に近づくにつれ良い匂いがしてくる。
食堂ではメルフィーとルークが朝食を食べていた。
窓の外まで二人の笑い声が聞こえてくる。
『まったく、ルークのヤツめ』
ルークは朝ご飯をとても美味《うま》そうに食べていた。
噛《か》みしめるように味わっている。
本当にメルフィーの料理が好きなんだな。
いや、メルフィー本人と彼女が作る料理だったか。
眺《なが》めていると屋敷から二人が出てきた。
「では、行ってくる。帰りはいつもどおりだ」
「いってらっしゃいませ」
メルフィーはいつも、門のところまでルークを送る。
そして、ルークは名残惜《なごりお》しそうに魔法省へ向かっていく。

仲良くしちゃってまぁ。

やがて、メルフィーが戻ってきた。

「ルフェードさん、おはようございます」

『おはよう、メルフィー。今日の朝ご飯はなんだ？』

「〝朝にピッタリな林檎《りんご》とナッツのはちみつトースト〟です」

『それは楽しみだな』

屋敷に戻るとメルフィーが俺の分を持ってきてくれた。

こんがり焼けたトーストだ。

その上には林檎のスライスとナッツが散らばっていて、黄金色のはちみつがかかっていた。

途端に、俺の腹が鳴り出す。

『いただきま～す』

「食べ終わったら、食器は持ってきてくださいね」

『は～い』

トーストの外はサクサク、中はふんわりで最高だった。

林檎の酸っぱさとはちみつの甘さが絶妙にマッチしている。

ナッツのカリカリした歯ごたえもいいな。

こんなに美味い飯が作れるなんて、メルフィーは本当に料理が上手《うま》い。

食べ終わったら、食器を返して森へ戻る。

このあとの仕事のために、ウォーミングアップしておかんとな。

軽く森の中を走ったりしていると昼になった。

俺はまた屋敷へ行く。

『お～い、メルフィー！　そろそろ魔法省に行くぞ～！』

メルフィーを魔法省まで送る時間になった。

毎日、メルフィーはルークに弁当を届けている。

「ちょっと待ってください、ルフェードさん。今行きます」

メルフィーが弁当箱を持って走ってきた。

嬉《うれ》しそうな顔だ。

『今日のメニューはなんだ？』

「〝トマトライスのふんわり卵包みとカラフルなフルーツゼリーのお弁当〟です」

『へぇ～デザートまであるのか。ルークのヤツも喜ぶぞ』

「ルーク様の喜ぶ顔が楽しみです」

『よし！　今日はいつもより飛ばしてやるからな！』

「え、ちょっと、ルフェードさん！　きゃあっ！」

メルフィーをひょいっと背中に乗せる。

グングン森の中を駆けていった。

さっきは驚いていたのに、途中からメルフィーは楽しそうに笑っていた。

あっという間に魔法省に着いた。
「じゃあ、行ってきますね。ちょっと待っててください」
『いってらっしゃい』
メルフィーが魔法省に入っていく。
その間、俺はいつも入り口の前で待っている。
通行人たちはみな、俺のことをびっくりした様子で見ていた。
これもまた、いつものことだ。
まったく、見世物じゃないんだがね……。
しばらく待つとメルフィーが戻ってきた。
お～い、と手を振っている。
『さあ、帰るか。しっかり掴《つか》まっていろよ』
「お願いします、ルフェードさん」
帰りも飛ばしたので、すぐに屋敷に着いた。
そのまま、メルフィーはキッチンに俺は屋敷の見回りへ向かう。
森の中を通って屋敷をぐるっと回るコースだ。
と言っても、不審者がいたことは一度もないが。
まぁ、念のためだ。
今日もまた異常はなかった。

昼ご飯もメルフィーのところで貰う。
「はいどうぞ、ルフェードさん。ルーク様のお弁当と同じメニューですよ」
『ほぉ～』
卵包みにはトマトソースでハートの大きな模様がついていた。
たぶん、弁当もこんな感じなんだろうな。
弁当箱を開けたときルークはどんな顔をすることやら。
想像するとおかしかった。
卵包みはとろとろで、スプーンで触っただけで切れてしまう。
トマトソースと相まって抜群に美味かった。
ゼリーにはブルーベリーや木苺《きいちご》がいっぱい入っている。
食べた瞬間、甘酸っぱくて爽《さわ》やかな気分になるな。
『ごちそうさま。メルフィー、何か手伝うことはあるか？』
「ありがとうございます、ルフェードさん。でも、大丈夫ですよ」
『そうか』
昼下がりは屋敷の仕事を手伝ったり、昼寝をしたりしていた。
今日は特に仕事がないから森で昼寝するか。
『……良い天気だ』
ひなたで転がるとすぐにうとうとしてくる。

心地よい風が吹き抜けて本当に気持ちよかった。
『グゥ……あぁぁ、よく寝たな』
しばらくしたら目が覚めた。
俺はググッと背伸びする。
屋敷の方を見ると、メルフィーが庭の草木に水をやっていた。
エルダたちと一緒だ。
きゃあきゃあ楽しそうに水を撒《ま》いていた。
日が暮れていく中、メルフィーたちを眺めているのはとても楽しい時間だ。
やがて、ルークが帰ってきた。
『おっと、公爵様のお帰りだ。お出迎えするかな』
ルークは遠くからゆっくり歩いてくる。
アイツは誰にも見られていないと思ってるだろうが、いつも嬉しそうに帰ってくる。
口の端っこが上がっていた。
メルフィーに会うのが楽しみなんだよなぁ。
まぁ、俺はアイツが幸せになってくれて嬉しい。
『お疲れ、ルーク』
「ルフェード、今日も変わりなかったか？」
『変わりないよ。いつもどおりさ』

ルークが屋敷に入ると、少しして食堂に明かりがついた。

俺は窓の外からメルフィーたちの食事を見るのも好きだった。

ルークが笑っているのがここからでも見える。

メルフィーが来てからアイツは本当に変わった。

今日も二人で楽しそうに食事している。

それを見る俺もまた愉快な気分だった。

食事が終わり、メルフィーが窓の近くにやってきた。

「ルフェードさ〜ん、晩ご飯ですよ〜。今日のメニューは〝疲れた体に染み入るとろとろ煮込みのビーフシチュー〟です」

『はいはい、ありがとうよ』

あえて素っ気ないフリをしているが、メルフィーの料理を毎日楽しみにしている。

俺の分も作っておいてくれるメルフィーが大好きで大切だ。

シチューの味つけはさっぱりとしていた。

ルークの好みに合わせているんだ。

もちろん、これも絶品だった。

「では、おやすみなさい、ルフェードさん」

『おやすみ、メルフィー』

メルフィーは屋敷の部屋に、俺は森へ帰っていく。

『ふわぁぁ……もう寝るかな』
すっかり日は落ちて夜空には月が昇っている。
見事な満月だった。
お気に入りの場所で横になる。
さてさて、明日はどんなご飯かな……。
そんなことを考えながら、いつものように幸せな眠りに就いた。

あとがき

読者の皆様、初めまして。作者の青空あかなと申します。

この度は数ある作品の中から本作、『婚約破棄された飯炊き令嬢の私は冷酷公爵と専属契約しました～ですが胃袋を掴んだ結果、冷たかった公爵様がどんどん優しくなっています～』をご購入くださり誠にありがとうございます。

あとがきの機会を頂戴しましたので、少しばかり書かせていただければと思います。

主人公のメルフィーは料理が得意な反面、元婚約者と義妹を筆頭に周囲に虐《いじ》められ、日々料理を作らされていました。守ってくれる味方のいない毎日は、想像以上に辛く大変なものだったと思います。

さらには突然、婚約破棄を告げられ、追い打ちをかけるように怖い噂《うわさ》が流れる〝とある貴族〟のお屋敷に追い出されます。

そんな人生のどん底とも言える状況のメルフィーがお屋敷で出会ったのは、冷たい公爵様と心優しい仲間たち。

姉弟《きょうだい》の使用人とおばさんの料理人は優しいものの、公爵様は初対面から厳しくて恐ろしい態度。

そんな彼とメルフィーがどのように心を通わせていくのかは、ぜひ本編をお読みいただければと思います。

さて、ファンタジーといえば、現実世界にはいないような特別な動物たちがいます。フェンリルやフェニックス、グリフォンなどなど……。

お屋敷の仲間には人間とも話せる可愛《かわい》いフェンリルもいますので、モフモフ好きな方もどうぞお楽しみください。

ちなみに、書き下ろしSSには彼が主役のお話を書かせていただきました。朝起きてから夜寝るまで、どんな風に過ごしているのか……というお話です。

もしかしたら、いつもと違った視点からのメルフィーたちの日常が見えるかもしれません。ご興味がありましたら、こちらもどうぞよろしくお願いします。

最後になってしまい大変恐縮ですが、謝辞を述べさせていただきます。

本作に素晴らしく美麗で素敵なイラストを描いてくださったイラストレーターの黒裄《くろゆき》先生、刊行に向けて多大なるご尽力を賜った編集担当様、講談社ライトノベル出版部の皆様、本作の出版にお力添えくださった全ての関係者様、そして何よりもお読みいただいた読者の皆様へ心より感謝申し上げます。

Kラノベブックスf

婚《こん》約《やく》破《は》棄《き》された飯《めし》炊《た》き令《れい》嬢《じょう》の私《わたし》は冷《れい》酷《こく》公《こう》爵《しゃく》と専《せん》属《ぞく》契《けい》約《やく》しました

～ですが胃袋《いぶくろ》を掴《つか》んだ結果《けっか》、冷《つめ》たかった公爵様《こうしゃくさま》がどんどん優《やさ》しくなっています～

青《あお》空《ぞら》あかな

2024年12月24日第1刷発行

発行者	安永尚人
発行所	株式会社 講談社 〒112-8001　東京都文京区音羽2-12-21
電　話	出版　(03)5395-3715 販売　(03)5395-3608 業務　(03)5395-3603
デザイン	AFTERGLOW
本文データ制作	講談社デジタル製作
印刷所	株式会社KPSプロダクツ
製本所	株式会社フォーネット社

KODANSHA

ISBN978-4-06-531767-9　N.D.C.913　301p　19cm
定価はカバーに表示してあります

ファンレター、
作品のご感想を
お待ちしています。

あて先
〒112-8001　東京都文京区音羽2-12-21
(株) 講談社　ライトノベル出版部 気付
「青空あかな先生」係
「黒裄先生」係

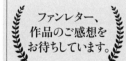

Kラノベブックスf

冷血竜皇陛下の「運命の番」らしいですが、後宮に引きこもろうと思います
～幼竜を愛でるのに忙しいので皇后争いはご勝手にどうぞ～

著:**柚子れもん**　イラスト:**ゆのひと**　キャラクター原案:**ヤス**

成人の年を迎え、竜族の皇帝に謁見することになった妖精族の王女エフィニア。

しかしエフィニアが皇帝グレンディルの「運命の番」だということが発覚する。

驚くエフィニアだったが「あんな子供みたいなのが番だとは心外だ」という皇帝の心無い言葉を偶然聞いてしまい……。

ならば結構です！　傲慢な皇帝の溺愛なんて望みません！

竜族皇帝×妖精王女のすれ違い後宮ファンタジー！